KB268448

시작시인선 0154

다큐멘터리의 눈

국립중앙도서관 출판시도서목록(CIP)

다큐멘터리의 눈 : 김재홍 시집 / 지은이: 김재홍. -- 서
울 : 천년의시작, 2013
  p. ;   cm. -- (시작시인선 ; 0154)

ISBN 978-89-6021-190-2 04810 : ₩9000
ISBN 978-89-6021-069-1(세트) 04810

한국 현대시[韓國 現代詩]

811.7-KDC5
895.715-DDC21   CIP2013011043

시작시인선 0154
다큐멘터리의 눈

1판 1쇄 펴낸날 2013년 7월 10일
지은이 김재홍
펴낸이 채상우
디자인 정선형
펴낸곳 (주)천년의시작
등록번호 제301-2012-033호
등록일자 2006년 1월 10일
주소 100-380 서울시 중구 동호로27길 30, 510호(묵정동, 대학문화원)
전화 02-723-8668
팩스 02-723-8630
홈페이지 www.poempoem.com
이메일 poemsijak@hanmail.net

ⓒ김재홍, 2013, printed in Seoul, Korea

ISBN 978-89-6021-190-2 04810
     978-89-6021-069-1 04810(세트)

값 9,000원

*김재홍 시인은 2011-12년 한국문화예술위원회 문예진흥기금 공모 사업(아르코영아트프
 론티어 지원)의 지원금을 수혜 받았습니다.

다큐멘터리의 눈

김재홍 시집

천년의 시작

시인의 말

생전에 자주 못 본 아버지였다

밥은 먹고 사는지 아픈 데는 없는지
술은 너무 하지 말고
그저 제때 먹고 잠 잘 자라고

감히 네게
감히 네게

첫째는 많이 먹이고
둘째는 운동시키고
너무 채근하지 말라고

말하던 새벽이었다

차 례

시인의 말

일러두기

하나의 연이 첫 번째 행에서 시작될 때에는 >로 표시합니다.

제1부

Oetzi

그의 사망 시점은 약 5,300년 전으로 추정되었다
정밀한 유전자 분석과 사체가 발견된 지층 조사 결과
그가 시커멓고 쭈글쭈글하게 남아 있게 된 이유는
이탈리아 북부 알프스 만년설에 냉동됐기 때문이었다
간단한 냉동의 원리가 이미 떠난 그를 끝까지 붙잡고 있었다
비쩍 마른 그의 배 속에서 곡식과 고기를 먹은 흔적이 나
타났고
예리한 칼날에 의해 살점이 베이고 날카로운 창에 찔린 흔
적이 발견되었다
따라서 그는 칼날과 창에 맞서는 번쩍이는 전사였으며
그의 칼과 창 앞에서 먼저 떠난 전사들의 표정까지 나타났다
오랫동안 굳은 그의 왼쪽 무릎 위에는 십자가 모양 문신
종아리부터 발목까지 선명하게 새겨 놓은 줄무늬 문신
바싹 마른 손가락에 암갈색 손톱
물기가 다 빠진 자리, 갈비뼈가 밀어내는 뱃가죽
반쯤 뜯어져 나간 엉덩이 살 마네킹 같은 맨살
그의 목숨을 최종적으로 돌이킬 수 없게 만든 것은
어딘가에서 빠르게 날아온 화살이었다
그의 어머니가 평생 동안 배란한 300여 개의 난자와
그의 아버지가 한 번에 사정한 3억 개의 정자 가운데

결정적인 단 한 번의 결합으로 탄생한 그의 육신
최초의 어머니와 최후의 아버지 사이에서
머리카락은 다 썩어 사라져 반질반질한 두개골
푹 꺼져 버린 눈두덩이 바싹 마른 불알 뜯어진 허벅지 살
쪼그라들고 비틀어지고 말라붙어 마침내 모래알처럼
흩어져라 날아가라 외치는 외치

올리비에 메시앙*

그는 아예 작정하고 신을 따라간 것이었으므로
'아기 예수를 바라보는 스무 개의 시선'과
'신의 현존에 부치는 3개의 기도문'과 '아멘 비전'은
결국 '죽은 자의 부활을 기다린 것'이었으며
지하의 썩은 육신을 천상의 신으로 오마주하는 것이었다

시원하게 넘긴 은빛 머릿결 드넓은 이마
'삼위일체 성당'의 현관을 나서는 그의 검은 트렌치코트는 잠깐
바람을 탔을 것이며, 두꺼운 뿔테 안경 너머로 짧게
눈웃음을 날릴 때 그는 이미 카오스모스의 리듬학을
정교하게 다듬고 있었는지 모른다

20세기의 또 다른 신화가 되었다는 과장된 수사에도 불구하고
그를 알아보는 사람은 그리 많지 않고, 그의 음악을 제대로
들을 수 있는 사람은 더욱 많지 않다

그의 오페라 '아시시의 성 프란체스코'를 초연한
오자와 세이지나 바스티유 음악 감독 정명훈쯤 돼야 알

아볼까

메시앙 특유의 정리된 무질서 혹은 무질서의 질서는
가령 일정한 강도로 특정 지점을 동일 도구로 가격했더라도
유리의 균열은 일정한 패턴으로 규정되지 않는다는,
아무리 뀌어도 방귀 냄새의 강도를 예측하기는 어려운 것
과 같은
참다운 브라운 모션이라고나 할까

그는 결국 신의 길을 따라간 것이었으므로
그것만큼은 정리된 질서 혹은 질서 중의 질서라고나 할까

● 올리비에 메시앙(Olivier Messiaen, 1908-1992)은 프랑스의 작곡가.

박용교

그 흔한 서기관 한 명이 죽었다
서울-춘천 간 민자고속도로 개통을 앞두고
폭우 속에서 마지막 점검차 렉스턴을 끌고 갔다
빗물에 쏟아져 내린 토사와 바위는 없는지
안전표지와 전자 장비 오작동은 없는지 꼼꼼하게
챙겨야만 장관이 참석하는 개통식 세리머니가
성황리에 끝날 것이므로 그날 밤 그는 빗길을 달렸다

그 흔한 서기관 한 명이 순직했다
8급 토목 기사보로 시작해 29년 동안 묵묵히
현장에서 뛰다가 최후를 맞은 공무원
한때 그는 업자로부터 뇌물과 향응과 접대를 받았을 것이며
그로 인해 국민의 혈세는 몇 번의 설계 변경 끝에
때로는 과다 지출됐을 것이며,
아주 가끔은 유능한 사업가 몇을 아주 빈 깡통으로 만들
었을 것이다

흔하디흔한 서기관 한 명의 죽음 앞에서
부서지고 구겨진 자동차 안에서 찢어진 몸으로
마지막까지 '아이들을 잘 부탁한다'고 한 비명 앞에서

그래 잘 갔다, 이놈의 세상
너라도 가서 쉬어라, 차갑고 냉혹하게
끝내 무수한 죽음을 경축하게 되었다

행복 전도사

장애를 가진 12살 아들을 홀로 남기고
52살 일용 노동자 윤 모 씨가 자살을 했다
여의도공원에서 목을 맨 그는
그전에 소주 한 병을 벌컥 들이키고
새벽 찬 공기를 한 모금 마셨을 것이다
폭행과 절도를 포함해 전과만 10건이나 되는 그는
'아들이 나 때문에 못 받는 게 있다'며
'죽으면 동사무소 분들이 혜택을 받게 해 달라'며
한 생애를 소리 없이 지웠다

다음 날 저녁 방송인 겸 작가 최윤희 씨 부부가
여관방에서 서로 자살을 했다
그녀는 2년 전부터 여기저기 몸에서 경계경보가 울렸고
입원 퇴원 반복하면서 많이 지쳤고
폐에 물이 차서 숨 쉬기 힘들었으며
700여 가지 통증에 시달렸다고 밝혔다
여러 방송을 통해 행복 전도사가 되었으나
'완전 건장한 남편은 저 때문에 동반 여행을 떠난다'고 함
으로써
개똥밭에 굴러도 이승이 낫다는 뭇사람들에게

행복은 전도체가 아님을 다시 한 번 확인시켜 주었다

조 특보

2011년 2월 19일 새벽 1시 20분
그가 갑자기 세상을 떠났다
'잘 다녀오겠다'며 가볍게 나섰던 그는
폐암 수술 후 심한 두통으로 고생하다 5일 만에
식물인간이 되어 돌아왔고
혈전 용해제를 쓰면 수술 자리 피가 멈추지 않고
쓰지 않으면 혈관이 막혀 뇌사에 빠지고 마는
고통의 악순환이 그를 영영 떠나게 만들었다

7년 전 그는 모스크바 특파원이었고
러시아 도메데도보 공항을 이륙한 두 대의 여객기가 추락해
90여 명이 죽은 테러 현장에서 리포트를 했고
북오세티아 베슬란에서 수백 명의 어린 학생이 떼죽음을
당할 때
자식의 싸늘한 주검을 안은 젊은 엄마 곁에서 기사를 썼다

기자로서 그는 현장을 떠난 적이 없었고
모스크바 붉은 광장뿐 아니라 몇 번의 대선과 총선 사이
정부종합청사와 국회의사당과 노동계와 경제계 사이
아시안게임과 서울올림픽 사이를 종횡사해했다

\>

훤칠한 키에 바리톤의 육중한 저음은
시청자들의 신뢰를 얻기에 충분했고
그의 풍부한 현장 경험과 인맥은
회사 발전에 큰 자산이 될 것이란 점에서
조 특보의 발령은 당연하게 받아들여졌다

언론 독립과 공정 보도를 외치며
정권의 나팔수가 되지 않겠다고 후배들이 파업에 돌입할 때
매일같이 회사 현관에서 피켓 시위와 삭발을 결행할 때
특보로서 그는 눈앞의 현실과 미래 사이에서
밤마다 술과 담배를 버릴 수 없었을 것이다

그러니 그의 갑작스런 죽음은
그리 갑작스러운 일은 아니며
그의 가슴 속 폐암도 원인은 아니며
꽉 막힌 뇌혈관도 원인은 아니었다

James Nachtwey

그는 1981년 북아일랜드 내전이 부글부글 끓을 때
war photographer로 활동을 시작했다고 한다
전 세계 무력 분쟁을 30년 동안 25차례 이상 취재했단다

그는 쉐라톤 워커힐 호텔 비스타홀에서
휴머니즘을 품에 안은 저널리즘에 대해 열변을 토했다
embracing humanism이든 뭐든
어설픈 내 모국어 사랑은 한탄의 대상이었고,
1948년생 그를 소개하는 젊은 여자도, 그도
모두 유창한 영어로 아주 가끔 알아들을 수 있는 열변을
토했다

레바논에서의 학살
소말리아에서의 학살
세르비아에서의 학살
뉴욕 세계무역센터에서의 학살
수단, 체첸, 르완다에서의 학살

'일상의 생활공간이 모두 학살의 전쟁터였다'는 그의 말은
잘 구축된 조명과 각도와 원근감 속에 생생하게 살아 있었고

>
병사 수십 명을 트럭에 실어다 구덩이에 묻는 장면
찢어진 입을 철조망 무늬로 꿰맨 남자
상반신만 남아 침상에 널브러진 큰 눈동자의 소년
줄지어 재활 훈련 중인 팔다리 사라진 해병대원들
탈레반 병사의 구멍 뚫린 배
skeleton이 되어 기어가는 여자와 품에 안긴 죽은 아기
두개골이 날아가 버린 병사와 그의 찢어진 철모

'종교는 전쟁 정당화의 수단'일 뿐이라는 그의 말은
군용 헬기를 타고 도망치는 한 주교의 수인사 장면과 함
께 나왔다

로버트 카파상, 월드 프레스 어워드, Dan David Prize,
TED Prize
당당한 수상 실적에다 환갑을 넘긴 중후한 외모
청바지 차림의 야전적 풍모와 전문성과 코스모폴리탄적
세련미까지
그의 연설은 'walker hill'과 절묘한 조화를 이루었으며
비스타홀을 가득 채운 글로벌 리더와 디지털 전문가와 IT
비즈니스맨들에게

전쟁의 일상성과 생존의 보편성을 웅변하는 탁월한 add-
ress가 되고 있었다

James Cameron

3D는 허상도 아니고 잠깐 지나가는 유행도 아니다
우리는 더 이상 전화기 이전,
칼라 TV 이전으로 돌아갈 수 없다
인류의 오랜 통신 기술 발달사는 리얼리티의 실현 과정
우리는 결코 2D로 돌아갈 수 없다

4년 6개월의 시간을 들여 총 28억 달러의 수입을 올린
「아바타」의 감독은 지금
전 세계에서 모인 2천여 명의 청중 앞에서 기조연설을 하
고 있다
연단 근처에서 두리번거리며 엉거주춤 꽃다발을 들고 선
젊은 여자의 움직임과는 상관없이
그의 배경에는 3D 아바타들이 괴성을 지르며
총을 발사하고 하늘을 날고 꼬리를 흔들며
급하게 마구잡이로 뛰어다니고 있다

3D는 마술 봉으로 만드는 게 아니며
첨단 기술과 장비만으로 만드는 게 아니며
지독한 노동과 그 근육 운동에서 비롯된 영감에 의해 예
술적으로 승화되어야

비로소 가능하다는 주장
앞으로는 3D용 안경 없이 어디서나 즐길 수 있는 시대가
올 것이며
카메라와 편집기, 음향 장비와 제작진의 숙련노동으로 새
로운 미학,
새로운 문화가 창조될 것이라는 주장
드라마도 스포츠도 코미디도 모두 3D로 바뀔 것이며
내 손가락 내 입이 곧 리모컨이 될 것이라는 주장

"슈렉, 너의 혀를 빌려 줘!"
"어서 빨리, 내 손가락을 빨아 줘!"

눈의 피로와 두통과 어지럼증,
심지어 구토까지 유발할 수 있는 불량 콘텐츠를 막으려면
2대의 HD 카메라가 안구 사이의 거리와 피사체와의 각
도를 감안
초점과 해상도를 시시각각 조절해야 하며,
이런 과정을 수백 번 반복 실패한 뒤에야 작은 성공을 이
룩했다는
그의 우렁찬 체험담 앞에서 청중들은

눈앞의 거인에게 머리 조아리며 조용한 경배를 시작했다

알튼아이

꿈을 믿는다면
알튼아이(9)는 십 년 뒤
비쉬켁의 대학에서 동시통역을 전공하고 있을 것이다

먼지도 얼어붙은 새벽 7시
영하 20도의 하늘은 쨍쨍 쇳소리를 내고
말처럼 코끝에서 김이 솟구칠 때 학교로 간다
알라신께 경배하고 외투 벗고 키르기스어를 배운다
양과 소를 그린 후 노래 부르고 춤을 춘다

오전 11시가 되면 다시
알라신께 경배하고 외투 입고 들판 가로질러 집으로 간다
점심도 먹지 않고 어린 양을 안아 주고
송아지에게 여물을 갖다 준다
뜨거운 말젖과 빵을 먹고 숙제를 한다

라트산(54) 할아버지는 그의 말 토랏과 함께
말린 양고기와 소금에 절인 송어 몇 마리를 들고 왔다
알튼아이는 공손히 햇살 드는 창틀에 엎었다
소 네 마리, 말 다섯 마리, 양 백육십 마리, 개 두 마리

알틴(50) 할머니와 아주머니와 아저씨와 언니를 데리고
이제 그가 산속으로 떠나야 한다는 걸 안다
할아버지는 한 달 동안 집을 떠나 유르타(Yurt)에 살며
가축에게 풀을 먹이고 맹수를 쫓아내고 젖을 짤 것이다

알튼아이는 이제부터 라트산 할아버지의 집을 돌보며
어린 양과 생일이 같은 송아지를 돌보며
숙제를 하고 학교에 갈 것이다

지얀

1977년생 쿠르디쉬 지얀(Jiyan)
지뇨(Gino)와 동갑이지만 텁석나룻에다
도랑 같은 깊은 이마 주름은 그를
10년은 위로 보이게 한다
순 불한당에다 시시껄렁한 골목 건달로 보이게 한다
터키 1500만 쿠르드족 남자의 외양은 모두 갖춘
눈 빼고 광대뼈 빼고 온통 수염에다
팔뚝 등짝 가슴까지 정글 같은 털을 심어 두고
쟌 아니라 지얀이라고 투르크 아니라 쿠르드라고
막걸리 같은 소리를 지르는 사람
귀찮게스리 매일 아침
시르케시역 근처 홈메이드 레스토랑으로 출근한다
안 어울리게스리 손님을 꼬신다
뜨내기에게도 맛있는 어머니 밥상을 차려 주겠다는
뜨끈뜨끈한 항아리 케밥을 차려 주겠다는
참 안 어울리는 강력한 뻐꾸기를 날린다
보스포루스 해협 건너 아시아 땅에서 온
지얀은 살살 웃으며
홀과 주방과 화장실을 오가며
오늘도 뜨내기들을 꼬신다

전 기자

대한민국 열혈남아 전 기자
경기고와 서울대를 나온 엘리트 기자
공영방송의 공정성 실현과 시청자를 위한
최고의 뉴스 서비스를 위해 불철주야 분투하는 전 기자

뇌하수체 오작동으로 거인증에 시달리고 있는
매일 아침 일 년 내내 뛰고 달리는 전 기자
땀에 젖은 축축한 맨살 손수건 한 장으로 덮고
씩씩거리며 한숨 몰아쉬며 소리치는 전 기자

너무 자주 화가 나고
너무 자주 화낼 일이 생기는
공분주의자 전 기자

당대의 진실은
당대의 인간들 뇌 속에 있고
당대의 뇌 속에는
당대의 호르몬이 흐르고 있으므로
그의 쾌유를 비는 사람들은 오직
그의 호르몬 오작동 시스템이 쌈박하게 수선되기를 기원

하며

오늘도 그의 빈 책상을 무심히 바라보고 있다

박 감독

1

그에게 음악은 On 아니면 Off
음악한다와 음악하지 않는다 사이에
잠깐의 슬픔과 몇 명의 죽음이 있다

구청에서 영세민 전세 자금 대출 추천서를 받아들고
그래도 생활보호대상자는 아니라며,
싸구려 임대주택은 아니라며
불광동 지나 독바위역 근처에 전세 계약을 한 사람

그에게 출근길은
여기저기 소화불량 툭툭 끊어 뱉어내는
두더지처럼 지하에서 꾸역꾸역 밀어내는 연동운동(peri-
stalsis)
서울 지하철 5호선과 6호선 환승역
독바위에서 여의도까지 ＋ 자로 연결된 공덕역
그에게 출근길은
지하에서 지하를 연결하는 길

>
그에게 음악은 On 아니면 Off
혹은 뱉어내기 아니면 밀어내기

2

타지마할은 하필이면 죽은 황후를 위하여
유럽과 중동의 건축가와 기술자와 기능공 2만 명을 동원해
22년 동안이나 깎고 다듬고 세우고 쌓은 결과
태양의 각도에 따라 하루에도 몇 번씩 빛깔을 달리하는 순
백의 대리석
천상의 궁전인 양 완벽한 건물과 수로와 정원의 조화
피에트라두라(Pietra-dura) 기법으로 장식한 보석과 준보
석들은
멀리 터키, 티베트, 미얀마, 이집트, 중국 등지에서 수입
했단다
무굴 제국 최전성기의 황제 샤 자한(Shāh Jahān, 1592-
1666)은 말년에
막내아들의 반란으로 아그라 요새 탑에 갇혀 8년 동안 연
명하다 죽었다

＞

3

동아프리카대지구대에 속한 말라위 호에는
수십 억 마리 깔따구(midge)가 구름 다발을 만들고 다니는데
깔따구 먹은 생선을 소금에 절여 6개월 동안 말린 뒤
2천만 명의 인간이 목숨을 잇는다

4

방글라데시가 아직 인도와 분리되기 전 팔라 왕조 시대
그러니까 누구나 부처가 될 수 있다고 외친 고타마 싯다르
타의 위력이
힌두의 막강한 신해전술(神海戰術)에 의해 붕괴되기 직전
제2대 다르마팔라(Dharmapāla, 재위 770-815)가 세웠다고
한다

파하르푸르(Paharpur)에는 9만㎡의 땅에 승려들을 위한
방 177개와
십자형으로 쌓은 계단식 주당(主堂) 사방 면에 큰 불상을
모셨었다고 한다

>
이미 사라진 3층은 제외하고 건물 기단부에는
약 2,800여 장의 테라코타 장식대(frieze)와 그보다 더 많
이 사라진 점토판에
부처와 괴물, 남자와 여자, 뱀과 농민과 음악가와 악마의
형상이 새겨져 있으며
무엇보다 힌두교 신들과 성속합일(聖俗合一)의 에로틱 부조가
찬란 다채롭게 장식되어 있다

파하르푸르는 한마디로
부처와 힌두의 명멸에도 불구하고

우주의 에너지와 물질의 총량은 보존된다는 법칙을
대량의 테라코타로 기록한 정체불명의 사원이다

5

통달하는 데 평생이 걸린다는 피에트라두라 기법이나
2천만 명을 먹여 살리는 수십 억 마리 깔따구나
온갖 잡신과 잡것들의 애욕의 힘을 믿으라 외치는 파하르
푸르나

천만의 공덕 만만의 콩떡이다

그에게 음악은 여전히 On 아니면 Off
음악한다와 음악하지 않는다 사이
혹은 뱉어내기와 밀어내기 사이에
열역학 제1법칙이 도사리고 있을 뿐이다

밤을 위하여

사단법인 지구촌사랑나눔 김해성 대표(목사)는
도로변에서 웅크린 채 떨고 있던 한 청년을 보았다
코리안 드림이든 뭐든 스리랑카에서 온 이 젊은 노동자는
피곤한 육신과 허기진 배와 둔한 방향감각으로
그만 길가에 쪼그려 앉아 시간을 죽이고 있었던 것인데
마침 김 대표를 만나 약간의 음식과 온기를 얻었다고 한다

청년 노동자의 작은아버지는 스리랑카 야당 국회의원
이국땅 거리의 부초 신세를 겨우 면한 조카를 두고
그는 아마 국가와 민족을 위한 정권 교체에 정렬을 쏟고
있었을 것이다

2004년 12월 26일
인도양 연안 국가 주민 22만 명의 목숨을 앗아간
초대형 쯔나미가 왔을 때 김 대표는
긴급 의료봉사 및 생필품 지원에 앞장섰고
청년 노동자의 작은아버지는 국무총리가 되어 있었다

2010년 현재 그는 마힌다 라자팍세 대통령
그는 어린 코끼리 한 쌍을 한국으로 보냈고

가자바(5살, 수컷)와 수겔라(6살, 암컷)는 졸지에
시뻘건 천을 온몸에 휘감고 서울대공원 시멘트 바닥 위에서
낯선 사람들이 던져 주는 과자나 받아먹으며
번쩍거리는 카메라 조명이나 맞으면서
우연과 필연 사이, 봉사와 희생 사이
민간 외교의 상징이 되어 있다

노래를 위하여
—지구촌 국제학교[●]

상처 받은 27명의 아이들이
줄을 서서 노래를 부른다
어디가 아픈지도 모르면서
얼마나 아픈지도 모르면서
무주리조트 티롤호텔에서 합창을 한다

어디서 왔는지도 모르면서
왜 왔는지도 모르면서
노래를 부르는 아이와 그냥
멀뚱히 앞만 쳐다보는 아이들이 모여
'You raise me up'을 부른다

갑자기 우는 아이와 아예
무대 뒤로 슬금슬금 걸어가는 아이들이 모여
'내가 살아가는 동안에'를 부른다
어떻게 불러야 하는지도 모르면서
왜 불러야 하는지도 모르면서

●서울특별시 구로구 오류동에 있는 다문화가정 자녀를 위한 한국 최초의 교육기관.

무료 선생

그는 택시 기사도 아니고 좌우에 날개도 없다
그저 매일 7시간씩 늦게 눈뜨고 일하고 자는
파리에서 그는 별 볼일 많은 운수업 지망생
이젠 달도 지겹고 바지도 신발도 헐거워졌다

165년 만에 외규장각 도서가 고국으로 돌아간 날 그는
샤를 드골 공항 주차장에서 두리번거리며
11시간이나 날아온 후배를 맞이했다
뭐 대단 중차대한 업무도 없는 처지에 그냥
들러리 겸 가이드를 맡았으나, 실은
놀이동산 여행 한번 간다고 생각했을지 모른다

Eric Satie는 진짜 멜랑꼴리한 피아노로
안 그래도 몽롱한 여행객을 아주 늘어지게 만들었고
5시간이나 달려야 하는 예비 운수업자는
세포 공동체의 조직 논리가 유전이라면
암세포의 생존력도 겸허히 받아들여야 한다는 둥
냉혈 파리지엥의 손버릇을 무시하면 안 된다는 둥
이상하게도 프랑스 음식이 입에 딱 맞다는 둥, 체질이라
는 둥

시시껄렁한 얘기를 끝도 없이 뱉어 내면서
프랑크족의 역사와 풍물과 그의 비전까지
아주 길고 상세하게 풀어 놓았다

택시 기사도 아니고 좌우 날개도 없는
그저 매일 7시간씩 늦게 눈뜨고 일하고 자는
무료 이용권 선생

제2부

마팡 증후군*

　사람 몸의 구조를 만들고 지지하는 결합 조직(connective tissue)에 이상이 생기는 병이다. 15번 염색체에 있는 피브릴린-1(fibrillin-1) 유전자에 돌연변이가 생겨 그 유전자에서 만드는 피브릴린 단백질 결함으로 엘라스틱 섬유(elastic fiber)에 기능적 장애가 발생한다.

　엘라스틱 섬유는 당기면 늘어났다 놓으면 줄어드는 성질이 있어, 수축과 이완 작용을 하는 인대나 대동맥 등의 신체 기관에 특히 많다. 마팡 증후군 환자 가운데는 대동맥 확장증으로 심장에서 내보내는 고압의 혈액을 신체 말단까지 전송하지 못하고, 오히려 심장 안으로 역류시켜 급사하는 경우도 있다.

　요컨대, 줄어들었으면 늘어나야 하고 늘어났으면 줄어들어야 하는 생활의 항상성이 생체 구조의 분자 단위에서 유래한 것임을 명확히 알 수 있는 질환인데, 벌지도 못하는 게 쓸 줄만 아는 것들이나, 벌기만 하고 쓸 줄은 모르는 것들이나, 없는 것들이 쓰기 위해 훔치는 것이나, 있는 것들이 더 벌기 위해 빼앗는 것이나 모두 반생물학적인 도발인 셈이다.

● 프랑스 소아과 의사 베르나르 마팡(Bernard Marfan, 1858-1941)
이 발견한 유전 질환.

Sperm Bank

엄격한 1차 기준부터 통과해야 한다
키 175cm 이상, 나이 39살 이하, 대졸 이상
여기서 다시 6개월 간 7단계의 검사와 선별 과정을 통과해야
비로소 최종 기증자로 간택될 수 있다
0.9%의 확률

　수집한 정자들은 운동성과 모양, 질병 검사를 위해 실험
실로 직행한다
　쓰레기통으로 가느냐 바이얼(vial)로 가느냐를 결정하는
것은
　정밀한 수치와 그래프,
　적합 판정을 받아야만 번호표 하나씩 받아들고 보관실
에 들어간다

　보안장치를 열면 축구장 크기의 창고에
　12개의 은빛 탱크
　냉동 탱크 하나에는 2만 5천 개의 바이얼과 그사이
　섭씨 영하 196도의 액체질소

　그러니까 10만 명의 여자를 동시에 임신시킬 수 있는

막대한 양의 정자는 지금 꽝꽝 언 채 잠들어 있다

최고 최대의 생명을 위해
정자 보관실 골조는 다중 철제 빔으로 지었다
진도 7.0의 강력한 지진과 초속 20m 이상의 태풍이 와도
꿋꿋하게 버텨 낼 수 있는 거대한 강철 욕조

죄 없이 고통 받던 젊은 여성 하나가
4개의 바이얼 2,200-2,400달러만 투자하면
열 달 동안 품고 품었다가 힘 한번 세게 쓰면
이 험한 세상 다리를 놓을 수 있다

달나라의 장난

월경(月經, menstruation)이 시작되려면 체지방이 체중의 약 17%까지 증가해야 한다. 그 이하로 떨어지면 월경은 중단된다. 소녀의 지방세포는 렙틴(leptin)이란 호르몬을 생산하는데, 이것이 임계 농도에 도달해야 뇌하수체가 초경에 착수하여 월경을 유지하라는 호르몬 신호를 보낸다. 월경은 곧 소녀의 임신 능력을 의미하므로, 어머니로서 임신과 발육에 필요한 대사 에너지원을 갖고 있어야 한다는 생물학적 기초가 명확한 현상이다.[*]

동시에 인간 여성의 체지방은 주로 피부 바로 아래에 분포해 가슴, 엉덩이, 허벅지 등의 미적 구조 형성에 대단히 큰 역할을 한다. 소년들은 소녀의 잘 펼쳐진 체지방 분포도에 흥분한다. 인과관계의 틀이 아닌 월경과 임신 가능성이라는 단단한 한 몸의 생명현상에 대하여 청년 중년 장년을 넘어 가끔은 노년까지 발작적으로 광분한다.

[*] 레너드 쉴레인(Leonard Shlain) 저, 강수아 역, 『지나 사피엔스(*Sex, Time & Power*)』, 들녘, 2005.

Homo

　여성이 달마다 수정되지 못한 난자와 수정되었으면 요긴하게 쓰였을 자궁 내막을 배출할 때 그와 함께 버려진 철분은 생명까지 위협할 수 있는 빈혈을 초래했고, 남자는 그녀와의 잠자리와 그에 따른 유전자 전파를 위해 필사적으로 싱싱한 고깃덩이를 공급해야 했다.

　그러나 그녀는 철분 가득한 생고기를 공급할 수 있는 그의 사냥 능력뿐 아니라, 맹수의 습격에 대응하기에 너무나 허약한 그녀의 생존을 위해, 새끼의 오랜 성장기 동안 지속적인 보호를 받기 위해 그의 아니마(anima)까지 요구하게 되었다. 극소수를 제외한 남성들은 이런 요구를 투철하게 실천하면서 겨우겨우 연명해 왔다.

　따라서 남자는 생존과 번식의 이중 굴레 안에서 자웅동체적 속성을 갖게 되었고, 균형을 상실한 집단 내 자웅동체의 비율만큼 여성 동성애의 비율도 증가했다. 호모 사피엔스는 15만 년 동안 단 한 가지 신체적 특징도 변하지 않았으며, 처음부터 인간은 호모 섹슈얼리티를 본성으로 탄생할 수 있었다.

편도체

공포 반응에서 중요한 역할을 하는 편도체(amygdala)에는 12개 가량의 영역이 있으며, 특히 공포 조건화에 중요한 부위는 외측핵과 중심핵이다. 외측핵은 정보 입력 창구, 중심핵은 방어 행동과 신체적 반응을 개시하는 출력 장치다.

외측핵에 도달하는 입력 정보는 두 가지 경로 가운데 하나를 통하는데, 특정 자극이 감각시상도 경유하고 감각피질도 거치는 고위 경로가 있고, 아예 감각시상에서 곧장 편도체로 전달되는 하위 경로도 있다. 고위 경로는 느리지만 정확하고, 하위 경로는 빠르지만 불완전한 정보로 입력된다. 고위와 하위 사이에 정확도와 속도 차이가 있다.

편도체는 어떤 경로로 입력된 정보든 그것을 암묵기억(implicit memory)과 암묵처리로 조절하면서 개체의 생명 유지에 중요한 역할을 한다. 공포 자극은 신속하게 일어나 오래도록 지속된다. 한번 죽으면 끝장이기 때문이다.

표범의 얼룩무늬는 어떻게 생겨났을까?

밋밋한 누런 털을 가엽게 여긴 친구가 손도장을 꾹꾹 눌러
줬기 때문이라는
키플링(Joseph Rudyard Kipling, 1865-1936)의 진지한 생
각에도 불구하고
표범의 얼룩무늬는
멜라닌 색소의 분포도일 뿐이며
개체에 각인된 유전 명령의 실행 결과일 뿐이다
살아남았기 때문에 살아가고 있으므로
표범은 앞으로도
그들의 무늬만큼 살아갈 것이며
멜라닌 색소도 그들과 함께 반복 재생될 것이다
마찬가지로 표범이 날마다 간절히 쫓아다니는
얼룩말의 줄무늬는
포식자의 눈을 시리게 만들고 혼란에 빠뜨려
마침내 하루라도 목숨을 보전하기 위한
고도의 위장술이 아니라,
간단한 화학반응의 결과일 뿐이다
살아남았기 때문에 살아가고 있으므로
얼룩말은 앞으로도
그들의 무늬만큼 살아갈 것이며

멜라닌 색소도 그들과 함께 반복 재생될 것이다
반응이 발생 초기에 일어나는 얼룩말은
줄무늬를 띨 수밖에 없고
상대적으로 늦게 일어나는 표범은
얼룩무늬를 띨 수밖에 없다
반응의 물리적 규모와 크기는 변할 수 없지만
반응 시점에 세포의 표면적은 다르기 때문이다

Manuka Honey

저 먼 남반구 뉴질랜드의 청정 대자연에서 자라는 마누카 꽃에서 채집합니다. 아주 높은 항생·항균 작용을 하며 위염, 위궤양, 십이지장궤양, 식도염, 피부염, 화상, 인후염은 물론 여드름과 습진까지 치료할 수 있다고 합니다.

와이카토대학의 Molan 교수에 따르면 특히 마누카의 UMF(Unique Manuka Factor) 성분은 위암의 원인이 되는 헬리코박터 파일로리 균과 슈퍼 박테리아 MRSA(메티실린 내성 황색 포도상구균)까지 없앤다고 합니다.

뉴질랜드 정부는 이 천연 만병통치약의 이미지 관리를 위해 꿀 연구소 WHRU(Waikato Honey Research Unit)와 힘을 합쳐 등급제를 시행하고 있으며, UMF 20⁺쯤 되면 이건 진짜 만능이 되어 인생 꿀꿀한 많은 사람들의 건강을 지켜 준다고 합니다.

플레멘 반응[●]

제이콥슨 기관(Jacobson's organ, 서비골)은 고양이과 동물이나 말 염소와 같은 발굽 동물, 파충류 등에 있는 후각기관이다. 뱀이 시도 때도 없이 혀를 날름거리는 것은 공기 중의 먼지나 냄새 물질을 채집해 입천장 부위에 있는 이 기관에 보내 먹잇감과 먹이 아닌 것을 분별하기 위해서다.

동물원에 갇힌 호랑이도 밤길을 배회하는 고양이도, 잇몸이 다 드러나도록 윗입술을 끝까지 벌려 히히히히 웃어 재끼는 말도 결국은 냄새 한번 제대로 맡아 보자고 행동한 셈이다. 특히 암놈의 발정 상태나 적의 침입 사실과 같은 긴급 정보는 어느 무엇보다 빨리 서비골(鋤鼻骨)로 보내야 하기 때문에 입을 쩍 벌리고 침을 질질 흘리기도 한다.

말은 가끔 배가 아플 때에도 이런 행동을 하지만, 사람도 아주 지독히 역겨운 것을 보면 비슷한 표정을 짓기도 한다.

●플레멘 반응(Flehmen reaction)은 제이콥슨 기관을 후각기관으로 삼은 동물들이 나타내는 특징적 행동.

태(胎)

우리 조상들은 예로부터 태는 생명을 준 것이라 하여 함부로 버리지 않고 소중하게 보관하였다. 조선 왕실은 국운과 관련이 있다고 하여 태를 더욱 귀히 다루었는데, 특별히 태실도감을 설치하여 세심한 절차에 따라 명당을 물색한 다음 안태사(安胎使)를 보내 정중히 봉안하는 제도를 두었다.

아기씨의 태는 옷으로 싸서 백자 항아리에 넣어 산실에 두었다가 3일에서 7일 사이에 좋은 날을 택하여 큰 그릇에 옮겨 담고 월덕(月德) 방향에 있는 샘물을 떠서 백 번 씻은 다음 향기로운 술로 또 씻어서 작은 태항아리에 동전 한 닢을 글자면이 밑으로 향하게 놓고 그 위에 태를 놓은 다음 기름종이와 남색 비단으로 입구를 덮고 빨간 끈으로 묶어 밀봉하였다. 그리고 붉은 패 앞면에는 '年月日時 中宮殿 阿只氏 胎也'라고 쓰고 뒷면에는 세 명의 제조와 의관의 이름을 적어 넣었다. 이 항아리를 다시 넓은 독에 넣어 빨간 끈으로 동여맨 후 좋은 방향에 안치하고 다섯 달 안에 태실을 선정하여 봉안하였다.

경남 사천시에는 세종대왕의 태가 봉안되어 있었다. 이 태무덤은 정유재란 때 그만 왜적에 의해 크게 훼손되었다. 선조 때 대대적으로 수리하였고, 영조도 다시 비석을 세우고 정비

하였다. 그러나 왕실의 태실이 길지에 있다는 것을 안 일제
는 조선 왕조의 정기를 끊기 위해 전국에 산재한 왕실의 태
실을 경기도 양주로 옮기고, 태실이 있던 땅을 모두 민간에
팔아 버렸다. 세종대왕의 태실 자리에는 지금 아무개의 무덤
이 들어서 있다.

복불복

퇴계(1501-1570)는 23살에 한양으로 올라가 과거 공부를 시작했다. 소과에 세 번이나 떨어지고 나서 27세에 겨우 진사시(詩와 賦)에 합격하고, 그로부터 또 6년을 두문불출한 끝에 문과에 급제했다.

율곡(1536-1584)은 13살부터 29살까지 아홉 번이나 장원을 차지했다. 진사시 초시와 복시, 한성시, 별시 초시와 복시, 생원시 초시, 식년 문과 초시 복시 전시를 휩쓸었다.

퇴계와 율곡은 동아시아를 대표하는 대 성리학자로 오늘날 천 원과 오천 원이 되어 날마다 대 한국인의 병원균의 다양성과 생존 조건의 보편성을 웅변하고 있으나, 두 사람의 다른 점과 같은 점 속에 진실이 있다.

예나 이제나 시험은 운발이고, 참다운 공부는 온몸으로 하는 것이며, 일단 중요한 것은 무엇으로 사느냐 하는 것이며, 결정적인 것은 죽고 난 뒷일은 본인과 아무 상관이 없다는 진실.

그러니 믿을 것은 '운빨'이고, 귀하디귀한 것은 산목숨이라는 진실!

ㄱ

‘선생님은 어디 사세요?’라는 만 원어치의 인사
오늘도 구부러진 육신은 덜컹덜컹 굴러간다

ㄴ

2010년 5월 3일, 재벌닷컴의 보도에 따르면
만 12세 미만 어린이 79명은
1억 원 이상의 상장사 주식을 보유하고 있다

대망의 1위는
GS그룹 회장의 사촌 동생이자 승산그룹 회장의 아들인
(주)GS 전무의 장남(9세), 293억 5천만 원

GS홈쇼핑 사장의 딸(10세, 127억 5천만 원)은 2위
(주)GS 전무의 차남(6세, 105억 4천만 원)은 3위
미스터피자 회장의 친인척(여, 10세, 60억 2천만 원)은 4위
코스모그룹 회장의 친인척(남, 11세, 44억 3천만 원)은 5위

한참 떨어져서
두 살짜리 경동제약 회장 친인척은 1억 7천만 원
엄마 젖보다 주식이 좋을 리 없겠지만
네 시작은 미약하였으나, 그 끝은 창대하리라

Barracuda

바라쿠다는 씨게이트사의 데스크톱 PC용 하드디스크 브랜드다

바라쿠다는 노르웨이 오페라사의 브라우저 11.10의 코드명이다

바라쿠다는 영화 슈렉 3편에 나오는 노래다

바라쿠다는 muscle car 전성기에 크라이슬러사가 만든 스포츠카다

바라쿠다는 대한민국 육군의 장갑차다

산호초를 배경으로 강력한 이빨과 초고속 추진력으로
먹이의 몸통을 순식간에 잘라 통째 먹어 버리는
바라쿠다는 농어목 꼬치고기과의 물고기다

토빈세

명문 하버드대학교를 나와 예일대 경제학과에서 정년을 맞은 미국 경제학자 제임스 토빈(1918-2002)은 국제 핫머니의 급격한 유출입으로 각국 통화가 급등락하는 것을 막기 위해 외환 거래에 세금을 부과해야 한다고 주장했다.

토빈은 단기성 외환 거래에 세금을 부과할 경우 연간 수천억 달러의 자금을 확보할 수 있으며, 특히 이 제도는 투기성 자본에만 제약을 가하는 것이므로 각국 중앙은행은 자국의 실정에 맞는 독립적인 금리 정책을 시행할 수 있어 국가 재정 수입도 늘어나는 효과가 있을 것이라고 전망했다.

그러나 이 제도를 일부 국가에서만 시행하면 국제 투기 자본이 토빈세가 없는 곳으로 이전할 가능성이 높기 때문에 세계 모든 국가가 시행하지 않으면 별로 효과가 없어 활성화되지 않다가 1990년대 이후 도입 검토가 활발해지고 있단다.

1981년 토빈은 투자 위험 분산을 권고하는 '포트폴리오 이론'을 정형화한 공로를 인정받아 노벨경제학상을 수상했다.

제3부

Concert in Kumamoto

우루싸느 에무비씨가 왔다, 북 들고 꽹과리 들고
시속 88km로 고고고-공 우주선처럼 물 위를 떠서
코브라처럼 대가리 들고 왔다, 한국 선적 KOBEE
(안전벨트를 매라, 급정거를 조심하라)

이건 처음부터 아예 허리를 굽히고 들어온다
구부정한 굽실대는 여고생들의 타이료(大漁) 춤
끝없는 반복과 도돌이표의 '요이 땅'

하늘 찌르고 찌르고 무릎은 절대 펴지 마
요이 땅 요이 땅 요이 땅 요이 땅
이거 완전 개그콘서트긴 한데, 祝 大漁!
요이 땅 요이 땅 요이 땅 요이 땅

사미센도 긁어 긁어 뜯어 뜯어
요이 땅 요이 땅 요이 땅 요이 땅
(단단히 동여매라, 기습을 조심하라)

와타이꼬(和太鼓) 쇼꼬 때려 때려
가로 세로 찔러 찔러

十자 × 자 찔러 찔러 대칭 기합 희열 폭발
솟구치는 몸, 이건 완전 종합 무술, 특공이다

B-Boys, Hey Hey Hey, A-Girls
구마모토 우루싸느 마찌(蔚山町)로
우루싸느 에무비씨가 왔다

YUNA Queen

240만 명 재외 국민에게 투표권을 부여한다는 3개 법안이
국회 본회의를 통과한 날 그녀는
캐나다 밴쿠버 퍼시픽 콜리시움 빙상장에서 세계 기록을
바꿨다

4대륙 피겨 스케이팅 선수권대회 여자 싱글 쇼트프로그
램 72.24점
2분 50초 동안 트리플 플립부터 콤비네이션 스핀까지 8가
지 과제를 소화해야 하는
그녀는 일본의 라이벌 아사다 마오를 14.38점 차로 따돌리고
그녀의 묶은 징크스마저 따돌리고
세계 신기록을 작성했다

연기가 끝나자 아이스 링크 위로는 무수한 꽃다발과 인형
이 날아들었고
여기저기서 YUNA Queen이란 글자가 펄럭였으며
4천여 명 관객은 환호와 함께 기립 박수로 열광했다

전국 방송 SBS는 대낮에 위성 생중계를 했고
그녀가 세계 최고의 기록을 세웠으므로

낮 시간대 최고의 시청률과 짭짤한 광고 수입을 올렸으며
메인 뉴스 첫 꼭지부터 내리 4건의 리포트를 쏘았다

물론,
7명의 여자를 연쇄 살인한 강호순의 얼굴과
그를 수사하는 검찰의 소식도 나왔고
용산 재개발 문제로 벌어진 참사에 대해
공권력은 정당하게 집행되었는지 묻는 기사도 나왔고
동갑내기 선수가 실수 끝에 눈물을 흘리는 영상도 나왔다

아귀찜을 먹던 우리는 YUNA의 현란한 스케이팅을 떠
올리며
서양 애들처럼 다리 길고 피부 고우며 화장 잘하니
CF 수입도 많을 것이라 떠들었고, 누가 뭐래도
YUNA는 그날의 Queen이었다고 얘기했다

1004 마라톤

경기도 동두천시 생연동 '1004운동본부'에서
울산까지 580km가 넘는 거리를 17일 동안
매일 뛰고 달렸다

대한민국 장애인을 대표하여
신체의 결손은 결코 차별의 근거가 될 수 없으며
더 이상 편견의 장벽은 두고 볼 수 없다며
쉬지 않고 달리고 달렸다

새벽 6시에 일어나 10시까지 오전 구간을
오후 4시부터 다시 15km 이상을 달렸다

김황태는 어깨 아래 두 팔이 없고
김영갑은 팔꿈치 아래가 없다
김황태의 부인은 17일 동안 밥을 떠먹였고
김영갑은 손마디가 사라진 뭉툭한 팔꿈치로 잘도 먹어 치웠다

'대한민국 장애인 축제'는 2006년부터 해마다 열리고
그때마다 국토를 대각선으로 종단하며
아주 죽을 작정으로 뛰고 달렸다

>
지방의 작은 방송사가 감당하기엔 너무 큰 행사였으므로
일거에 장애인 문제를 해결하기엔 너무 많은 것이 부족했
으므로
마땅히 대한민국 장애인들은 아직 불구 상태며
그들의 가족과 일가붙이까지 해마다 뛰어야 한다는 것을
한 무리의 튼튼한 잡식동물들은 깨닫는 것이다

1004라는 숫자의 수비학적 감각 속에는
천사에의 욕망과 천사를 욕망하는 자들의
거룩한 플라시보 효과만 유구할 따름이니
지금쯤 영동 황간 지나 김천쯤 이르렀을 올해의 마라토너
들을 위하여
그들이 지나온 벚꽃 터널과 함께
한번 씨익 웃고 넘어갈 일이다

다이빙 쇼

국가대표 다이빙 선수들 십 수 명이
아마추어 수영 대회가 열린 문수수영장에서 쇼를 했다
기본동작이라는 직립 입수 자세부터
물구나무서서 앞으로 두 바퀴 돌다 몸 비틀어 1.5회전을 하는
고난도 다이빙까지 좀 시건방진 태도로
젖은 머리 탈탈 털어대며 한 십여 분 쇼를 했다

천여 명 아마추어 수영인의 환호와 박수 속에서
비서진에 이끌려 시장이 황급히 자리를 비우는 사이
3개의 플랫폼과 2대의 스프링보드에서 한꺼번에 입수하는
국가대표 선수들의 피날레는 퍽퍽퍽 물소리로 장식되었다

진정한 자유란 내 존재의 원인을 아는 것이며
원인을 안다는 것은 스스로 삶을 만들어 가는 것이라는
스피노자의 투철한 가르침에도 불구하고 그들은
호루라기를 불어대는 코치의 신호를 착착 따랐고
가끔 귀찮게 관중석을 살짝 엿보는 자유를 누렸다

김치냉장고와 드럼세탁기를 협찬한 회사 대표는

바로 여기서 박태환 선수가 아시아 신기록을 수립했다며
아랫배 불룩한 아주머니와 가슴살 쭈글쭈글한 선수들을
독려했고
대회장인 방송사 사장은
다음 주 토요일 황금 시간대에 방송될 것이니
스포츠 정신에 입각하여 마음껏 기량을 펼쳐 달라 당부했다

이시영 선수

여배우 이시영이
제7회 전국여자신인아마추어복싱선수권대회 −48kg급
우승을 차지했다
화려한 드레스 대신 헐렁한 트렁크를 입고
여우주연상 대신 빛나는 우승 메달을 건 그날
그녀는 연예 뉴스가 아닌 스포츠 뉴스에 얼굴을 비쳤다

이미 퇴물이 다 된 복싱 경기장은 안동실내체육관
그날은 관중보다 카메라가 훨씬 많았고
화장기 없는 얼굴에 커다란 헤드기어를 눌러 쓴 그녀는
사람들의 뜨거운 호응에도 불구하고 담담한 표정이었다

시작부터 경기는 압도적이었다
상대보다 10cm나 큰 키에 긴 리치를 이용해 강한 스트레
이트를 날렸다
13살이나 어린 상대를
두 번이나 스탠딩 다운으로 몰아붙인 끝에
3라운드 RSC(Referee Stop Contest) 승을 거뒀다
심판이 손을 들어 올리자
그녀는 찢어질 듯 웃으며 펄쩍펄쩍 뛰었으나

심판은 고개를 숙인 채 좀 떨떠름한 표정이었다, 그랬다

홍수환스타체육관의 홍수환 관장은
1977년 WBA 주니어 페더급 타이틀매치를 떠올린 듯
특유의 격렬한 몸동작으로 감격스러워하며
"시영이를 런던올림픽에 보내겠다"고 힘주어 말했다

명퇴 민주주의

민주주의를 피 터지게 외치는데
여름 파리가 날아든다
언론 악법 철폐 한나라당 해체를 외치는데
섭씨 31도의 늘어진 바람이 분다

너의 죽음을 피 터지게 외치면서
깃발이 되지 못하는 시를 한탄한 젊은 날의
민중시인은 이젠 없다

'엿 먹어라' 외치는 민중가수와 바위처럼 살아가자는
묵은 노래의 여가수가 지겹다

엿 먹어라!
너의 아픔이 결단코 나의 아픔이 될 수 없는 것처럼
값싼 분노와 함성은 단 1mm도 세상을 움직일 수 없다

옆에 앉은 가늘고 긴 허벅지를 만지고 싶다
민주주의여, 너 언제부터 거기서 놀고 있는가

너의 민주주의를 피 터지게 외치면서 깃발이 되지 못하

는 너의 시여
가서 너의 민주주의나 외쳐라

민주주의의 썩은 육신을 안고
1천여 조합원이 앉아 있는 땡볕,
'쟤는 명퇴 안 하나?'
'유행인데, 대센데, 트렌든데, 쟤는 왜 안 하나?'

믿거나 말거나

1

기획은 아이디어만 내는 게 아냐
거기다 예산, 네트워크, 실행 방안까지 쌈박하게 내놔야
하는 거야
쌀만 주고 떡 해 먹어라 그럼 안 되고
아예 떡을 놔 줘야 먹는 거야

데스크 설득, 옆엣것 설득, 시작부터 끝까지 설득이야
아무것도 믿을 수 없고 스스로도 불안할 때
자기기만을 해서라도 밀고 나가야 해

끝없이 기획서 내고, 박살나고, 또 내란 말이야
끝까지 설득이야 그게 기획이야

2

뒈지게 놔둬라
아무리 생각해도 사자는 어린 가젤과 누를 먹어야겠고
하이에나는 썩어 가는 하마라도 씹어야겠다

＞
제발 가만 놔둬라
울부짖는 놈 휘젓고 다니는 놈 싸우는 놈
죽겠다는 놈 죽이겠다는 놈
살려 보겠다고 애쓰지 마라

마라강을 건너는 1,000kg 코끼리와
그녀의 수만 톤 식구들을 뒈지게 놔둬라

3

완전 사자다
코밑 턱밑 수염에다 산더미 같은 갈기의 수사자

증권거래소와 부국증권 사이를 어슬렁거리는
3선 아디다스 체육복 시커먼 찢어진 슬리퍼
푹 꺼진 눈두덩이 휘날리는 머리털
기업은행 MBC 지점 앞을 배회하는 사자

왼손엔 샤니 빵 오른손엔 종이컵 때 절은 검은 손
유월 한낮 대로를 지그재그로 돌아다니는 사자

상해에서 본 사자 도쿄에서 본 사자
라스베이거스에서 본 사자

4

흉중의 생각을 애써 전달하려 하지 않고
전달해서 설득하려 하지 않고
설득하여 끝내 계몽하려 하지 않고
계몽 계몽하며 헛꿈 꾸지 않는 게 시인이다

다큐멘터리의 눈

쓸데없이 자꾸 웃는다
공연히 말이 많고 한없이 선량해져서
아무 풀이나 돌이나 나무에게나 감탄사를 날린다
해발 3,800미터 라다크 사람들의 시커먼 얼굴
바싹 마른 잔스카르산 연봉과 비탈진 골목길
때 절은 옷가지와 세간까지
모든 것은 맑고 깨끗하므로
살아남은 순수의 고향에 감탄하고 감탄한다

숨길 것 없는 수직의 빗줄기
숲을 뚫고 내리꽂히는 원시의 햇살
아마존 정글 반라의 검은 맨살들
국부만 살짝 가린 거침없는 패션
쓸데없이 웃고 떠들고 소리치며
스치는 바람결에도 비명 지르며
오직 생체 리듬의 순연한 본성을 따르고 있으므로
찬양하라, 생명의 고향
찬양하라

황금의 길

이집트 룩소르(Luxor) 왕가의 계곡
수천 년 동안 죽은 파라오에게 황금을 바쳤다
뱀과 독수리와 옥좌와 신발과 귀걸이와 관(棺)까지
태양신의 아들은 끝내 텅 빈 황금이 되었다

경주 황남대총 금관 금장식물 금목걸이 금허리띠 금칼
왕과 나를 가르는 금빛 섬세한 분별력
터키 이스탄불(Istanbul) 성소피아 대성당 유스티니아누스의
황금 13만kg
그리스도의 영광과 알라를 향한 열망이 엇갈렸다

미얀마 양곤(Yangon) 6만kg 순금으로 뒤덮인 파고다
인도 암리차르(Amritsar) 호수에 뜬 400kg 골든 템플
성불을 향한 염원은 황금이 되었고
힌두와 이슬람의 시크한 금물결 오늘도 빛난다

페루 쿠스코(Cuzco) 인티 라이미(Inti Raymi) 축제
잉카 태양신을 향해 황금 술을 따르며 기원한다
부족장만이 태양신을 영접할 수 있는 권능과 영광을 가졌고
때문에 그의 생은 황금빛 마름의 삶이었다

>
스페인 세비야(Sevilla) 대성당 27미터 중앙 제단의 화려
장대한
금빛은 멀리 남아메리카의 피 묻은 노동을 거쳐
10만 개의 봉헌 금화를 거쳐
파나마 콜롬비아 에콰도르 페루 칠레를 거쳐
피사로(Francisco Pizarro, 1471?-1541) 로드 500년 대대손손
노예의 몸을 거쳐 갔다

남녀노소 동서남북
삶과 죽음의 길 모두
금빛이다

뒷떡論

사랑은 서로 마주 보는 게 아니라
한 방향을 함께 바라보는 것이라는
그의 얘기를 들으며 욕탕에 몸을 담갔다

힘을 빼야 한다느니
욕심을 버려야 한다느니
지난 홀은 빨리 잊어야만 한다느니
일단 티샷부터 누구나 한곳을 함께 바라보게 되는
그날 라운딩을 지지부진 복기하다가

수중떡과 수상떡 앉은떡과 선떡
웃는떡 우는떡 배고픈떡 배부른떡 찰떡
떡에 대한 그의 방대한 지식과 빛나는 상상력 앞에서
키득거리며 주억거리며 얘기하고 또 얘기했다

다리와 허벅지와 아랫배와 가슴과 머리까지
뜨건 물로 푹푹 지진 뒤
노천탕 욕조에 한 방향으로 기대앉아
공론은 역시 뒷공론이라며 시시껄렁하게
시뻘겋게 떨어지는 해를 함께 바라보기도 했다

방파제

1

아랫도리에서 불쑥 솟구치는 수놈의 우악스런 힘의 폭력성
과 꿈틀대는 근육의 잔인성과 어떤 지구적 파괴와 우주적 재
앙에도 분연히 떨쳐 일어나 단 한순간 진압할 수 있을 것 같
은, 델타 포스나 그린베레 혹은 람보나 터미네이터 같은, 저
깊은 대양에서 밀려오는 수놈과 수놈의 본능이 근육과 혈관
과 뼛속과 뇌수를 에돌아 야금야금 촘촘하게, 그러나 전광
석화처럼 빠르게 솟아났다

2

육지로부터 3km 떨어진 평균 수심 25m의 바다에 길
이 2,100m, 폭 18m의 울산 신항 남방파제가 섬이 되어
떠 있다. 5천 톤짜리 케이슨(caisson) 85개를 투하시켜 해
저 점토층과 접합해 기반을 다졌다. FD(Floating Dock)선과
DCM(Deep Cement Mixing) 전용선을 비롯한 막대한 양의
토목 에너지가 수중에 투입됐다. '매미'와 같은 특급 태풍이
100년 동안 쉬지 않고 몰아쳐도 버틸 수 있는 강력한 방파
기술을 집약시켰다. 풍속과 조류, 수온, 염도 등을 복합 변

수로 계산해 콘크리트의 내구성과 케이슨의 접합도를 정교
하게 설계했다.

그러니까 '토목은 절대 폼 잡지 않는다' '화장발은 토목엔
먹히지 않는다'는 말은 명백한 사실이며, 보이지 않는 물속에
총공사비의 75%와 최신 기술력을 집중적으로 쏟아부었다.

3

홍등과 백등 사이에 뱃길이 있다. 범월갑방파제와 남방파
제 위에 비스듬히 기울여 세운 홍등과 백등. 빨라도 3개월은
순항해야 도달할 수 있는 수십만 톤 뱃길을 삐딱하게 환호하
는 두 개의 등대.

길은 언제나 사이에 있고, 한번 터지면 수십 년이 지나도
닦아 낼 수 없는 해양 생태의 안녕과 국가 경제의 동맥을 지
켜야 하는 방제선과 순시선과 경비정은 날마다 삐딱하게 드
나들지만, 홍등과 홍등 사이 백등과 백등 사이에도 길이 있
음을 뱃놈이라면 누구나 안다.

>

4

동북아 액체 물류 중심항의 위용을 똑바로 보라고 등대 위에 전망대를 설치했다. 남방파제에는 여덟 개의 파라솔을 꽂을 수 있는 19개의 벤치와 남녀 화장실 2조와 소변 전용기 2대를 설치했다. 구명환, 구명조끼, 구명사다리를 갖춘 구명도구함도 8군데에 비치했다. 내항 약 1,500m 구간에는 테라스형 설계로 강력한 파도가 월경한다 해도 물 한 방울 묻지 않도록 피난처를 만들었다.

민간인 출입을 통제하지 않았다면, 개방에 필요한 감시원 인건비만 조달할 수 있다면 휴머니즘의 극치가 아닐 수 없겠다.

5

5만 톤 액체 화물선 2척이 동시에 접안할 수 있는 선석은 내항에 시설했고, 외항에는 테트라포드로 성난 파도의 사지를 찢을 수 있게 했다.

>

　나체의 바다 앞에서 밤마다 시동을 끄고 간첩선처럼 음습하게 침투한 낚시꾼들이 내버린 소주병과 초장 껍질과 낚시바늘과 구겨진 신발을 네 개의 벌거벗은 다리는 매일같이 찢고 있다.

　　6

　모든 진리는 선하고 쭈글쭈글하게 접힌 바다도 선하다. 테트라포드를 향하다 찢어지는 쭈글쭈글한 운동의 불규칙성도 선하고, 찢어진 맨살의 접힌 속살 또한 선하다. 사지에 닿아 찢어진 네 갈래의 접힌 속살이 모여 바다가 된다. 속살을 펼치는 힘으로 바다는 다시 파도를 만들고 거대한 쇳덩이를 띄운다. 그러므로 모든 진리는 선하고 쭈글쭈글하게 접힌 바다도 선하다.

　　7

　바다 한가운데 일직선으로 뻗은 남방파제는 꿈틀대는 맨살을 찢고 붙이면서 최소한 100년은 버틸 것이다. 그동안 방파제 외항에서 난바다로 3km 이상 떨어져 있는 SK에너지부이와 S-Oil 부이에는 덜렁거리는 파이프를 들고 수십만 톤 유조선이 들어왔다 나갈 것이다.

8

수놈의 바다에 암놈의 바다가 있다. 밀려오는 수놈과 밀려가는 암놈 사이에, 접힌 수놈과 펼쳐진 암놈 사이에 방파제가 있다. 방파제 위에 지금 막 깨어나는 수놈과 암놈의 비린 맨살이 떠 있다. 비린 것들이 마구 날아다녔다. 바람과 파도와 시커먼 물기둥 같은 것들이 폭죽처럼 솟구쳐 올랐다.

100만 톤 바지선을 띄워 5만 명 관객을 올려놓고 남방파제 방파 기술의 절정을, 식도를 타고 내려가는 마지막 한 모금 침을 삼키고 싶었다. 그리하여 어떤 파괴와 재앙에도 의연히 떨쳐 일어나 단 한순간 제압할 수 있는 거대한 비린 나체를 보고 싶었다.

볼라벤

8월 28일 06시 현재
목포 남남서쪽 약 120km 해상 시속 41km
중심기압 960헥토파스칼(hPa) 최대 풍속 초속 40m
강풍 반경 450km

이미 오키나와 해안선을 초토화시키고
3만여 관광객을 고립시킨 뒤
이어도에선 높이 17미터 파도를 일으켰고
제주도 5천여 가구 전기 공급을 끊었다

남해안부터 서해안 전역에 걸쳐
6만여 척 선박을 서로 결박시켜 놓고
60톤 테트라포드 사지까지 찢어 버리고
한반도 남반부 뱃길 하늘길 모두 차단시킨 뒤
맹렬한 속도로 북상하고 있다

전날 아침 함민복의 「섬」
"물 울타리를 둘렀다
 울타리가 가장 낮다
 울타리가 모두 길이다"라는 시를 포함해

평균 100mm 이상의 폭우까지 뿌려 대면서
시시각각 뉴스 특보를 날리고 있다

한밤에나 북한 땅에 상륙
차츰 안정될 것이라는 기상예보와 함께
아직 지구는 살아 있다
뜨겁게 살아 있다

轉換의 달인

DTV Korea라는 사단법인의 전략기획실장, 그는 지방 국립대학을 나와 국가 기간 방송사 엔지니어로 방송에 입문했다. 입사 초기 송신소 근무를 제외하고 16년 동안 줄곧 디지털 전환 업무만 맡아 온 베테랑 엔지니어인 그는, 새벽부터 새벽까지 전파공학과 영어 일어를 넘어 줄기차게 연마하며 살아왔다

대한민국 방송 역사에 획기적 대사건이 될 디지털 방송의 개시는 곧 아날로그 방송의 종료! 디스플레이를 바꿔야 한다. 모니터를 바꿔야 한다. 일단 전환이 되고 나면 아날로그 TV로는 0.001초도 방송을 볼 수 없다

정부와 국회, 삼성과 LG, 하이마트와 전자랜드 사이에서 그는 국민들이 디지털 고화질 프로그램을 공짜로 어디서나 볼 수 있도록 해야 한다는, 아무도 그에게 필요 이상의 사명감을 요구한 적 없으나, 스스로 부과한 국가적 책무 앞에서 밤낮으로 OT 수당도 없이, 집도 애도 없이 풍찬노숙의 결연한 생활 리듬으로 일해 왔다

미국 DTV Transition Coalition, 영국 디지털UK, 일

본 D-PA, 프랑스 이탈리아 슬로바키아 남아프리카공화국 오스트리아 호주…… 전 세계 인민들 모두에게 디지털 HD 방송을, 보편적 지상파 방송을 공짜로 보게 하는 데 최일선에서 뛰고 있는 사람, 16년 간 오직 디지털 전환 하나에 엔지니어로서의 명운과, 가장의 권위와 도메스틱 네트워크와 글로벌 스탠다드를 모두 걸어 놓은 '不變 최선욱 선생'

현역 신종인

방송사라면 진짜 좋은 프로그램 만들어야 하거든
사람들 쾅쾅 들썩거리게 만들어야 하거든
겨우겨우 만들었는데 아무도 모르고 그냥
조용히 사라지면 안 되거든, 돈값은 해야 하거든
이도저도 아니면 차라리 기부금 내는 게 낫거든

윤리까지는 아니라도 최소한 예의는 지켜야 하거든
아무리 분 바른 인간 믿을 수 없다지만
하루하루 뼈 빠지게 사는 국민들 좀 쉬자는데
최소한 예의는 지켜야 하는 것 아니냐구
분 바른 놈 분 값 못 하면 그거 인간 아니거든
눈 뜨고 산다고 다 사람 아니거든

오늘 너무 말이 많은데,
어쨌든 내가 옳다고 생각하지 않는 걸
억지로 하면서 살아온 건 없어
새벽부터 새벽까지 아침부터 아침까지
녹화하고 편집하고 음악 깔고 더빙하며 살았다는 것
내가 옳다고 생각하는 걸 맘대로 하면서 살았다는 것
그거 하나 위로가 되더라구

>

여기저기 기웃거리지 않고
오직 프로그램 만들며 살았다는 것
그것 참 위로가 되더라구

제4부

Myrtle Beach

사우스캐롤라이나주 머를 비치
Quality Inn 506호에 누워 잠을 쫓는다

13시간이나 젊어진 나는 TV 위에
컵라면 2개와 젓가락을 얹어 두고
여차하면 먹어 치우겠다는 생각을 하며
베토벤의 황제를 듣는다

대서양 파도보다 우렁찬
미제 자동차의 소리는 더 이상 들리지 않고
200년 전 귀머거리 작곡가의 내력이라든가
위대한 갯츠비의 가혹한 사랑이라든가
오르한 파묵의 빨강은 더 이상 생각하지 않는다

한 시간이라도 더 늦게 더 피곤하게 해서
배꼽시계를 맞추는 일
아주 육신의 굴레에 갇히는 일만 한다

낮에 본 드럼통 같은 배, 검은 배 흰 배
출렁거리는 맨살 속으로 들어가 치즈 스테이크와

onion 샐러드를 먹어 치우는 일만 생각한다

내일을 위하여 내일은
내일에 맡겨 두고
조금이라도 더 늦게 더 마셔서
아주 완전히 육신의 굴레에 갇히기로 한다

Tonle Sap*

그땐 다들 어두웠지
교실도 빵집도 칼국숫집도 얼굴도
전등도 밤만 되면 끔벅끔벅 졸았지
동네 아이들은 흙탕 저수지에서 멱을 감고
군함 같은 컨테이너를 타고 놀았지
똥개들은 똥을 먹고 밤새 짖었지

문둥이 얼굴을 하고 뭉개진 얼굴로
노래를 부르며 떠돌아다니는 여자 곁을
무심히 지나가는 경찰과 16명의 관광객들이
쏟아지는 비를 맞는 오후엔 모두들
배가 고프다

까만 치마에 흰 블라우스를 입은 언니가
여동생 둘을 자전거에 태우고 씩씩거리는 뚝방 길
아래로 대야를 타고 one dollar를 외치는 아이와
뱀을 목에 감은 시커먼 애를 발동선에 태우고
세차게 몰아가는 외팔이 아버지가
모두 one dollar one dollar를 외치는 사이

>

일순간 망망대해

파천(播遷)의 호수가 무심히 펼쳐져 있다

● 캄보디아 Siem Reap 남쪽에 있는 동남아 최대의 담수호.

아닌가?

촘촘히 박은 말뚝 혹은 컴배트 먹은 바퀴 떼처럼 꼼짝도 못하고 울퉁불퉁 삐죽삐죽 서서 어떤 놈은 찢어져라 하품을 하고, 어떤 놈은 중얼거리며 두리번거리고, 눈 둘 데 없어 눈 감은 여자, 촌스럽게 책 보는 여자 음악 듣는 여자, 그 와중에 문자질 하는 여자, 닌텐도 하는 젊은 놈 천정으로 팔 뻗어 신문 보는 놈…… 하필이면 그놈 엉덩짝에 손이 닿아서, 뗄 수도 없는데, 탱탱한 처녀 것도 아니고 무르익은 새댁 것도 아닌데, 열차가 출발하면 꾹 눌렀다가 멈추면 살짝 떨어지는 그놈의 엉덩짝을 한참 동안 주무르고 있는데, 하나뿐인 님을 믿으라 믿으라 외치는 여자, 안 믿으면 지옥 불에 떨어진다고 협박하는 그 여자…… 바퀴벌레들이 남녀노소 한꺼번에 왕창 몰살을 당하듯, 극소량의 독가스만 뿌려도 되겠다. 아니다, 그저 제일 큰 놈의 뒤통수를 한방 세차게 후려치기만 해도 알아서들 무너지겠다. 아수라장이 되겠다…… 하지만 제일 재수 없는 년은 용쓰다 못 탄 여자, 아닌가? 가장 나쁜 놈은, 급해 죽겠는데 다음 열차 타라고 방송하는 놈, 아닌가?

살진 당대

오동통하고 통통 부은 사람을 그렸다
아니다, 오동통하고 통통 붉게 그렸다[*]
투우사와 시커먼 황소와 죽은 황소를 이끌고 가는 말
살집이 터질 듯 크고 굵은 원숭이
곡예사와 광대, 목마를 신은 서커스 단원
낙타와 사자와 호랑이 둥글둥글 살이 쪘다
지독한 가난과 병마와 싸웠던 루벤스와 그의 독한 아내도
살집 오른 둥근 손을 맞잡고 헤벌쭉 웃고 있다
'아르놀피니 부부'도 표독한 구두쇠와 그의 보쌈 처녀가
아니라
결혼 30년차의 후덕한 둥근 부부다
벨라스케스의 '어린 공주'는 영 멧돼지 형상이다
탁자도 보자기도 커튼도 살쪘다
칼도 포크도 오렌지도 수박도 퉁퉁 불었다
살진 당대와 펑퍼짐한 술과 담배와 재떨이가
모두 둥글둥글 퉁퉁 불었다

[*] 콜롬비아의 화가 페르난도 보테로(Fernando Botero, 1932-)의
화풍.

앙케트

풍데자르(Pont des Arts) 앞에서
앙케트를 하는 동안 그 아이의 손은
내 바지 주머니를 향해 지네처럼
기어오고 있었다

불법 이민자에 대한 정책은 때로
너무 강경하거나 너무 부실했고
풍데자르부터 퐁뇌프까지
생 루이 섬에서 에펠탑까지
앙케트를 하는 때 젊은 아이들은 언제나
앙케트에 응하는 여행객보다 많았다

소년의 검은 손과 내 왼손은 한순간
왼쪽 바지 주머니 앞에서 만났고
깜짝 놀란 두 손은 번쩍 불꽃을 튀겼다

이민자들도 생존을
불법 이민자들에게도 생명을
보장해야 할지 말지
앙케트를 하는 아이들은 언제나

앙케트에 응하는 관광객보다 많았고

순식간에 대치를 끝낸 허공의 두 손은
당장 눈앞의 생명과
코앞의 생존을 위해 재빨리
현장을 떠나야 했다

봉상스*

식인 멧돼지 차우에게 물리면
온몸이 갈기갈기 찢어지고
폭식 강아지 봄이에게 물리면,
갑자기 배가 고파집니다
라는 작은놈과

한의사가 제일 싫어하는 놈은
밥이 보약이라는 놈
성형외과 의사가 제일 싫어하는 놈은
생긴 대로 산다는 놈
치과 의사가 제일 싫어하는 놈은
이가 없으면 잇몸으로 산다는 놈
산부인과 선생이 제일 싫어하는 놈은
무자식이 상팔자라는 놈
내가 제일 싫어하는 놈은, 바로 네놈,
이라는 마누라 사이에

공안과에 가서 안구건조증 치료받고
수학여행 가서 수학 공부하는 큰놈 왈
산은 산이요 물은 셀프로다

이제부터 고품격 인간 될 것이니
웃을 때도 상상상 하고 웃을 겁니다
라는 큰놈이 나타나

학원 선생이 제일 싫어하는 놈은
하나 가르치면 열 배우는 놈이라고 한다

● 봉상스(bon sens)는 양식(良識), 바른 판단력 혹은 통념을 뜻함.

靖國神社

246만 명 전몰 영령을 모셔 놓은 곳
열도 8만여 개 신사 가운데 으뜸 중의 으뜸
야스쿠니에 비가 왔다

'온 마음으로 더욱 더 스스로를 내던져 조국을 위해 죽는 것'이
'삶의 목적을 달성하는 행운'이라는 미코토 병장의 유언은
1945년 6월 14일 필리핀에서 실현되었고,
그의 말과 행적에 관한 짧은 기록은 전단지로 배부되고 있다

한 명의 목숨을 바쳐 수백 수천을 몰살시킬 수 있는
인간 어뢰 카이텐(回天) 6척과 I-36 잠수함
72,800톤 배수량을 자랑하는 Destroyer 야마토 함과
그의 460mm 함포들, 대포들, 전투기들

JR선 이치가야 역에서 내려 십여 분
호우세이(法政) 대학과 조총련 중앙 본부 건물 사이를
세일러복 입은 여고생들이 우산을 쓰고 뛰어간 길 끝

>
책가방을 둘러메고 핸드폰은 목에 걸고
한 손엔 우산 한 손엔 과자를 든 어린이가
입맛만 다시며 걸어간 길 끝

가해자와 피해자를 뒤죽박죽 섞어 놓은 곳
카미카제와 100마리 비둘기가 공존하는 곳
주황색 선명한 통치마를 입은 아가씨들이
게다짝을 끌고 안내하는 곳

싸움의 기술

2009년 4월 16일 오후 3시 45분
거제 고현버스터미널에서 백발의 조갑제를 만났다
물결은 잔잔했으나 하늘은 흐렸다

검은 바지에 흰 와이셔츠를 깔끔하게 챙겨 입은
금발의 몰몬교 선교사 두 명이 성큼성큼 걸어간 입구로
조갑제닷컴의 실명 대표인 그는 시커먼 손가방을 들고
머리를 푹 숙인 채 무언가 중얼거리며 들어갔다

반갑다 인사하고 싶었으나
그를 따르는 두 명의 양복들이 너무 진지해 보였으므로
머리 숙이고 주고받는 대화가 너무 진지해 보였으므로
끝내 말을 걸지 못했다

청마 유치환 생가와 김수영이 포로로 수감되었던
거제포로수용소를 가까이 두고 그는
무엇을 취재하러 왔던 걸까

삼성중공업의 노사 평화와 고부가가치 심해 시추선과
위그선과 드릴쉽 제작 현장에 대한 르포를 쓸까

YS의 정치 역정에서 거제도가 함축하고 있는 의미를 파
헤칠까
그도 아니면, 이순신도 일개 공무원이었음을
영웅은 오직 그 직분에 투철했을 뿐임을 증언하려는 걸까

조갑제로 하여 나는 이런 것들을 끼적이며
절대 센 놈과는 붙지 않는 게 싸움의 기술임을
이길 수 없을 땐 싸우지 않는 게 승리의 비법임을
'신현 제2교' 난간 앞에서 생각하고 또 생각했다

Orlando

세 살 때 미국으로 와서 20년 동안 한번도
플로리다를 벗어나 본 적 없는 사람
타이거 우즈의 짙은 빨간 셔츠를 입고
시시껄렁하게 미국식 팔자걸음을 걷는
코디네이터 신홍섭 과장

어딜 가도 다수파로 살아야 하는데
저 꽉 찬 탱탱한 골반들 사이에서
볼셰비키로 살아야 하는데
하필이면 솥뚜껑 같은 햄버거와 족발 같은 turkey leg
사이에서
짧고 가늘고 가벼운 몸을 이끌고 산다

그와 함께 유니버셜 스튜디오와
디즈니월드 엡콧 센터와 헐리우드 스튜디오를 걸었다
4D Simsons Ride를 타고 Disaster와 Twister를 보고
슈렉과 터미네이터를 보고 Spaceship Earth와 Nemo
Ride를 탔다
모든 것은 환상이고
아이들의 꿈과 미래를 위하여

모든 것은 연출된 세련된 판타지

20년 전의 그와 함께
오늘도 아침 먹고 급히 이빨 닦은 뒤
어제와 다른 오늘을 보기 위해
너무 느리지도 빠르지도 않게 걷고 또 걷는다

새로운 먹이는 잘 보이지 않고
새로운 암컷은 너무 자주 나타난다

올랜도 국제공항 새벽 6시
어린 남매를 데리고 살집 풍성한 여자가 먼저 내리고
대머리 할아버지가 내리고 할머니가 내리고
금발의 여동생이 내려서 한참 동안 서로 껴안고
뽀뽀하고 부비부비 하다가 손을 흔들며 헤어졌다

고속정 편대장

해군 병사 네 명과 술을 마셨다
둘은 진해 출신 새파란 중위들
하나는 오십 목전 기관 원사
편대장인 친구는 고속정 옆 해상 기지에서
갑판 위에 웨하스와 면세 소주를 펼쳤다
마스터 밑에는 분당 삼천 발을 쏘는 기관포
새우 더듬이처럼 가는 난간만 세운 갑판
조타실 바로 뒤 함상에는 이등 수병 하나가
밤새 경계 근무를 선다
장생포 해군 편대 기지에서
전투함 뱃머리는 육지를 향해 매달려 있고
친구는 이제 한국형 경항모 승조원이 될 것이라고,
행복 끝 불행 시작이라고,
대양 해군을 지향하며 제주도에 주력 기지를 세울 거라는
사관학교 출신 편대장은 밤이 깊어지자
해군력에서 10배나 앞선 일본을 경계한다
우체국과 고래박물관 사이에 뜬 수상 기지
초병들을 성가시게 하여 미안하다 했더니
오십 년 간 전투가 없었으니 안전하다고
저 병사들은 걱정 말라고 했다

Dry하게 살자

.

전직 대통령이 600만 달러짜리 포괄적 뇌물죄 혐의로
대검찰청에 피의자 신분으로 출두하는 날
사저가 있는 경남 김해시 봉하마을에는 삼백 명이 넘는
기자와 카메라가 전날부터 밤새 진을 쳤고
(사실, 농가도 아니지만 저택까지는 아니고)
아침부터 검찰청사에 도착할 때까지 5시간 동안
고속도로를 따라다니며 일거수일투족 밀착 취재했다

노란 풍선과 노란 현수막을 들고 노란 꽃잎 뜯어 날리며
한쪽에서는 잘 다녀오시라 고함을 치고
한쪽 구석에서는 눈물을 훔치며 새 정권의 끝을
그 종말을 기다리겠다고 어금니를 깨물었고
(노씨 성과 노란색의 유비는 물론이고,
참혹하게도 노란 꽃잎까지 사뿐히 즈려밟고 가시란 뜻은
상상력의 빈곤이라고밖에 할 수 없었고)

그날 나는 『시사IN』을 읽으며 밤 9시경
청와대가 내준 의전용 대형 버스를 타고 그가 지나간
중부내륙고속도로를 빠르게 달려가고 있었다

'북한 로켓 발사를 경축하는 사람이라면 김정일 정권 아래
에서 살아야 한다'라고 비판한 송영선 의원에 대해 '아줌마나
천황 밑으로 가지?'라고 대꾸한 가수 신해철을 도매금으로
'아메바랑 아이큐 다투는 것들'이라고 한 조 아무개 씨의 글
을 보고 피식 웃었고

A는 B를 욕하고 B는 A를 공격하니, 이건 맞짱인데
C는 A와 B를 싸잡아 아메바 이하로 파괴해 버리니, 순간
D인 나는

그런 쓸데없는 일에 참견하지 말고 '너나 잘하세요' 혹은 '그
런다고 그런 싸구려 정치 극우와 민족 극우들이 단 1mm라
도 세상을 움직일 수 있다고 믿진 마슈'라고 생각하는 나를,
어디선가 지독하게 째려보는 E를 생각하며 조용히 시커먼 창
밖을 응시하고 있었다.

그날 서초동 검찰청사 앞 도로에도 '노란 물결'은 일었고
늘 그랬듯 시간 많은 맞짱 일꾼들은 시뻘건 피켓을 들고
'부정부패 추방하자' '법대로 처벌하라'며 맞불 시위를 벌
이다

몸싸움을 하고, 길바닥을 뒹굴기까지 했단다

서거

2009년 5월 23일, 오전 9시 30분
대한민국 제16대 대통령이 사망했다
경찰은 사저 뒤편 봉화산을 오르다 자살했다고 했다

그는 1명의 경호원을 대동하고 부엉이 바위에 이르러
들녘을 잠깐 살핀 뒤 이렇게 말했다고 했다

"담배 있는가?"
"없습니다."
"저기 사람이 지나가네……"

경호원이 고개를 돌리자 순간
뛰어내렸다고 했다
다발성 골절, 척추 손상, 두개골 골절 등
두부 외상이 직접 사인이라고 했다
심폐 소생술로도 초긴급 수술로도
떠나는 그의 발길은 막을 수 없었다고
초췌한 담당 의사가 밝혔다

청와대는 긴급회의 직후 안타깝고 유감이라 말했고

그와 그의 가족이 연루됐다는 뇌물 사건을 수사하던 검찰은
기소도 해 보지 못하고 정리하고 말았다

그의 오랜 벗이자 비서실장을 역임했던
문재인 변호사에 따르면,

너무 많은 사람에게 신세를 졌다
나로 말미암아 여러 사람이 받은 고통이 너무 크다
앞으로 받을 고통도 헤아릴 수가 없다
여생도 남에게 짐이 될 일밖에 없다
건강이 좋지 않아서 아무것도 할 수가 없다
책을 읽을 수도 글을 쓸 수도 없다
너무 슬퍼하지 마라
삶과 죽음이 모두 자연의 한 조각 아니겠는가
미안해하지 마라
누구도 원망하지 마라
운명이다
화장해라
집 가까이 작은 비석 하나만 남겨라
오래된 생각이다

>

라는 유서를 당일 새벽 5시 10분에 썼다고 했다

그는 한때 군부독재에 항거한 진보 지식인으로
노동자와 학생의 정당한 주장을 짓밟는
공권력에 저항한 민주 변호사로
무엇보다 똑똑한 우리 동네 형님이었다

그날은 마침 유명 탤런트 여운계 씨가 69세를 일기로 타
계했으나,
갑작스런 전직 대통령의 죽음으로
헤드라인 자리는 영영 기대할 수 없었으며,
세계적 경기 침체에 안 그래도 울고 싶던 국민들은
때 맞춰 뺨까지 때려 준 형국이라
너나없이 속 시원하게 울고 또 울었다

부음
―조재경에게

저 거무튀튀하고 메마른

어머니도 없고 누이도 없는

화성으로 가자

가서 썩지도 않는 육신 갖다 버리고

거기 쓸데없는 인연일랑

아무렇게나 파묻어 버리자

삐딱하게 헬멧을 쓰고 덜컹거리며

스쿠터를 몰고 가는 저 여자

대야를 이고 목에 핏줄 그으며

막 골목을 돌아 나가는 저 여자

천둥도 번개도 없는 화성에다 갖다 버리자

삐죽삐죽 잡초 더미 같은 수염을 하고

거푸 담배를 피워대는 남자

어디론가 황급히 뛰어가는 남자

껀꺽 울어대는 저 아이

저것들 모두 갖다 버리자

무슨 뜨거운 욕심 일깨워 세상을

저렇게 밤마다 데우고 또 데우는지
세상의 바깥에서 달이 뜨고 별이 진다
저것들, 달과 별과 하늘까지 모두 갖다 버리자

기제사

귀신이 되는 법은 아주 간단하다
전지전능 무소불위의 권능을 애써 보여 줄 필요도 없이
아주 간절히 보고 싶게 만들면 된다
아예 아무것도 할 수 없는 무장해제 상태로 만들면 된다

악신이든 뭐든, 귀신은
귀신을 꼭 봐야만 하는 사람들에게 나타난다
귀신을 바라는 사연이 수억만 갈래 나뉘는 만큼
귀신도 수억만 가지로 나타난다
귀신을 필요치 않는 사람이 없으므로 귀신은 존재한다

옛날 대가마다 사당을 뒀던 것은
첫째 다른 대가 못지않게 우리 귀신도 영검하다는 권세 과시
둘째 죽은 조상에 대한 창대하고 간절한 의존 정신
셋째 제사 좀 편하게 모시겠다는 자손들의 얍삽한 요령

따라서 사당은 아예 사당동에 갖다 두고 아주 가끔
죽은 조상의 귀기 어린 음덕이 절실할 때
뻑적지근하게 제수를 진설하는 것이
귀신 세계의 조직 논리에 부합한다

'현재주의'에 따라 기록한 생의 본원적인 비극성

이성혁

1

　김재홍의 첫 번째 시집 『메히아』는 유니크한 시집이었다. 표제작인 「메히아」는 2003년 '중앙일보 신인문학상'에 당선된 등단작인데, "일견 평범한 시"지만 "유머와 기지를 속으로 감추고 있는 시"라는 심사평을 받았다. 심사자가 덧붙여 말하고 있듯이, 이 시는 "웃음과 연민을 동시 유발"한다는 점에서 시인의 만만치 않은 시적 기량을 엿볼 수 있다. 독자에게 지적인 웃음을 불러일으키는 유머는 쉽게 가질 수 있는 시적 기법이 아니며, 연민은 세계를 투시하는 시인의 복합적인 인식 능력이 뒷받침되어야 얻을 수 있는 것이다. 『메히아』에는 「메히아」처럼 평범해 보이고 쉽게 읽히지만 조금 더 들여다보면 시인의 시적 기량이 드러나는 묵직한 전언의 시편들이 적지 않다. 『메히아』의 시편들의 전반적인 특징에 대해, 그 시집의 해설자인 유성호는 "사실적 정보 전달을 통해, 매우 구체적인 물질성으로, 우리 삶의 형식에 대한 슬프고도 연민 어린 시선을 잔잔하게 부여하고 있"으며 "짙은 페이소스를 번져 가게 하는 힘을 가지고 있"다고 말하고 있는데, 동의가 되는 평가다. 다시 말해 김재홍의 시는 시의 표면만 보면 어떤 정보 전달만을 제공하는 것 같으나, 그 표면 아래에는 삶에 대한 깊은 인식과 풍부한 감수성, 그리고 날카로운 관찰력이 깔려 있는 것이다.

시의 표면이 그러한 모습을 보이는 것은, 『메히아』에 실린 「시인의 말」에 따르면 "부디 손쉽게 초월하지 않"으려는 시작(詩作)의 자세에서 온다. 그는 "시시각각 벌어지는 숱한 싸움"인 사태의 사실성에 쉽게 의미를 부여하려는 유혹에 대해 금욕적이라고 할 만큼 저항했던 것이다. 두 번째 시집인 『다큐멘터리의 눈』의 시편들 역시, 시집 제목처럼 어떤 사건이나 정보를 시인 주관의 개입 없이 그대로 전달하는 시작법을 보여 준다. 그런데 첫 번째 시집의 엄격한 금욕주의가 두 번째 시집에서 좀 더 명징한 방법론을 확보하는 데로 나아간 듯이 보인다. 시인은 이 시집에서 자신의 시작 방법론과 시론을 직접적으로 표명하면서, 이에 '현재주의'라는 이름을 붙이고 있는 것이다. 시인에 따르면, 거짓말을 하는 '이야기'와 날카로운 차이를 보이는 '현재주의'의 시는 "오늘의 관점에서 오늘을 기록하고 오늘의 공과를 논"하는 것이다. 그가 가장 경계하고 있는 시적 태도는 "과도한 해석과 그에 기초한 계몽의 욕망"이다. 그가 생각하는 시인의 소명은 그에 반해 "섣불리

해석하려 하지 않고, 계몽의 그물로 짐짓 세상을 구제하려 하지 않고, 주어진 눈앞의 현실을 진실의 심안으로", "냉혹하고 차가운 시선으로 기록"하는 것이다.(표지 4)

시인의 이러한 단호한 방법론의 표명 때문인지, 『다큐멘터리의 눈』의 시편들은 『메히아』의 시편들보다 더 건조한 느낌을 주는 것이 사실이다. 『메히아』에서도 지성적인 관찰과 진술이 시의 전면에 나타나긴 했다. 하지만 『다큐멘터리의 눈』은 『메히아』가 전달해 주었던 뭇 삶에 대한 연민과 페이소스의 농도가 옅어지고 좀 더 건조하고 지적인 인식이 두드러진다. 다큐멘터리가 그렇듯이, 시인은 사실과 정보를 요령 있게 압축하여 제시하고 자신의 견해는 거의 내세우지 않는다. 그래서 더 모더니즘적인 지성이 돋보이는 시집이라고 할 수 있겠다. 하지만 무엇을 어떻게 찍느냐에 따라 다큐멘터리 감독의 의도가 나타나듯이, 시인이 시적 카메라를 어떤 대상에 들이대고 이를 어떻게 편집하여 독자에게 제공하느냐에 시인의 의도가 스며들 것이다. 즉 사실과 정보를 담담하게 제시하는 듯한 시편들에서도, 시인의 주체성은 사라지거나 억제되는 것이 아니라 진술의 이면에서 작동한다.

2

『다큐멘터리의 눈』에서 김재홍 시인의 주체성은 삶과 죽음의 물질적인 이치를 독자에게 '냉혹하게' 전달하고자 하는 데서 나타난다. 생명을 바라보는 시인의 시각은 감상이나 낭만적인 초월을 허락하지 않는다. 특히 2부의 시편들에서, 시인은 생명체의 삶에 대한 자연과학적인 설명으로 자칫 감상으로 빠질 수 있는 생명에 대한 이해를 제어하고 있다.

공포 반응에서 중요한 역할을 하는 편도체(amygdala)에는 12개 가량의 영역이 있으며, 특히 공포 조건화에 중요한 부위는 외측핵과 중심핵이다. 외측핵은 정보 입력 창구, 중심핵은 방어 행동과 신체적 반응을 개시하는 출력 장치다.

외측핵에 도달하는 입력 정보는 두 가지 경로 가운데 하나를 통하는데, 특정 자극이 감각시상도 경유하고 감각피질도 거치는 고위 경로가 있고, 아예 감각시상에서 곧장 편도체로 전달되는 하위 경로도 있다. 고위 경로는 느리지만 정확하고, 하위 경로는 빠르지만 불완전한 정보로 입력된다. 고위와 하위 사이에 정확도와 속도 차이가 있다.

편도체는 어떤 경로로 입력된 정보든 그것을 암묵기억(implicit memory)과 암묵처리로 조절하면서 개체의 생명 유지에 중요한 역할을 한다. 공포 자극은 신속하게 일어나 오래도록 지속된다. 한번 죽으면 끝장이기 때문이다.

—「편도체」 전문

이 시에 대해 '편도체'에 대한 거의 사전적인 설명에 불과하다고 말할 수도 있을 것이다. 이러한 건조한 정보 전달이 이 시집의 한 극을 이루고 있다고도 할 수 있을 것인데, 하지만 이 시를 사전적인 설명에 그친다고 말할 수는 없다. 사전적으로 이해된 '편도체'에 대한 시인 자신의 시각이 시의 맨 마지막 문장에 제시되고 있기 때문이다. "한번 죽으면 끝장이기 때문이다"라는 문장은 정보 전달만을 위한 사전적 문체가 결코 될 수 없다. 이 문장에는 인간 또는 동물의 공포에 대한 생리학적 반응이라는 과학적 정보에 대한 시인의 해석과 더 나아가 물질적 세계 자체에 대한 시인의 태도가 살짝 제시되어 있는 것이다. 그 문장은 공포라는 반응을 일으키는 생리학적 과정은 "한번 죽으면 끝장"인 생명의 유지를 위한 장치이며, 세계는 그렇게 생명 보존을 위해 진화되었고 조직되었다는 시인의 세계 인식을 암시적으로 드러낸다. 그렇게 언뜻 드러난 시인의 세계 인식은 사전적인 설명이 건조하게 제시되어 있는 외양의 「편도체」를 한 편의 어엿한 시로 전화시킨다. 시가 세계 또는 사실에 대한 새로운 인식과 심성을 이끌어 낼 수 있을 때 성립될 수 있다고 한다면 말이다.

공포 반응을 일으키는 우리의 미세한 신경조직까지도 생명의 유지를 위해 반응하도록 이루어졌다는 '편도체'에 대한 설명은 문학적 감정이라고 할 공포에 대한 차가운 과학적 인식을 전해 주는 것이지만, 동시에 삶의 본원적인 비극성이라는 문학적 인식을 심어 놓기도 한다. 생명 유지를 위해 "신속하게 일어나 오래도록 지속"되는 공포 자극은, 마치 거대한 자연의 힘에 무력했던 원시인들이 불을 꺼뜨리지 않기 위해 노력했듯이 생명을 꺼뜨리지 않기 위해 노력하는 몸의 끈질 김과 무력함을 동시에 드러낸다. 비극성이란 어떤 이가 가열찬 노력에도 불구하고 어떤 한계에 봉착하여 파멸할 때, 인간의 숨겨진 영웅성과 무력함이 동시에 드러날 때 나타나는 것 아닌가. 위의 시에서 설명된 ‘공포’는 그러한 비극성이 바로 생명체에 내재되어 있음을 보여 준다. 즉 ‘공포’는 생명의 유지를 위해 이루어지는 몸의 모든 반응 조직들은 생명을 벗어날 수 없이 존재한다는 생명체의 냉혹한 한계를 드러냄과 동시에, 그 몸의 조직들이 결국은 실패할 생명 유지에 끈질기게—영웅적으로— 노력한다는 점을 드러내기 때문에, 생명체의 근원적인 비극성을 보여 준다고 할 수 있는 것이다.

2부의 시들은 「편도체」처럼 현대 생물학과 의학의 정보를 전면에 제시하는 시들이 많다. 가령, 「달나라의 장난」이라는 동화적인 제목을 가진 시에서는 “어머니로서 임신과 발육에 필요한 대사 에너지원을 갖고 있어야 한다는 생물학적 기초가 명확한 현상”인 ‘월경’에 대해 설명하고 있고 「마팡 증후군」에서는 “줄어들었으면 늘어나야 하고 늘어났으면 줄어들어야 하는 생활의 항상성이 생체 구조의 분자 단위에서 유래한 것임을 명확히 알 수 있는 질환인” ‘마팡 증후군’에 대해 설명한다. 동물 역시 마찬가지로, 표범의 얼룩무늬나 얼룩말의 줄무늬는 “멜라닌 색소의 분포도일 뿐이며/ 개체에 각인된 유전 명령의 실행 결과일 뿐”(「표범의 얼룩무늬는 어떻게 생겨났을까?」)이라고 설명된다. 하지만 시인은 이러한 과학적인 정보를 제시한 이후에 “월경과 임신 가능성이라는 단단한 한 몸

의 생명현상에 대하여 청년 중년 장년을 넘어 가끔은 노년까
지 발작적으로 광분한다"(「달나라의 장난」)라든지 "없는 것들이
쓰기 위해 훔치는 것이나, 있는 것들이 더 벌기 위해 빼앗는
것이나 모두 반생물학적인 도발인 셈"(「마팡 증후군」)이라는 인
간사에 대한 논평을 덧붙이거나 표범이나 얼룩말이나 "앞으
로도/ 그들의 무늬만큼 살아갈 것"(「표범의 얼룩무늬는 어떻게 생
겨났을까?」)이라는 예측을 붙임으로써 그 설명에 풍자나 비극
성이라는 시학적인 의미를 부가한다.

　　그래서 생물학이나 의학을 통해 인간사나 생명체를 냉정
하게 설명하는 것은 시인의 반낭만주의를 보여 준다고 하겠
으나 반시학적이라고 말할 수는 없다. 또한 이러한 '냉혹한'
설명은 생명 현상에 부여되곤 하는 형이상학적인 광채를 제
거하는 것이긴 하지만, 생명에 대한 냉소적인 태도를 유발하
기 위해서라기보다는 반대로 다음과 같이 생명 자체에 대한
존중심을 재확인하기 위해서인 것이다.

　　우리 조상들은 예로부터 태는 생명을 준 것이라 하여 함부
로 버리지 않고 소중하게 보관하였다. 조선 왕실은 국운과 관
련이 있다고 하여 태를 더욱 귀히 다루었는데, 특별히 태실도
감을 설치하여 세심한 절차에 따라 명당을 물색한 다음 안태
사(安胎使)를 보내 정중히 봉안하는 제도를 두었다.

　　아기씨의 태는 옷으로 싸서 백자 항아리에 넣어 산실에 두
었다가 3일에서 7일 사이에 좋은 날을 택하여 큰 그릇에 옮

겨 담고 월덕(月德) 방향에 있는 샘물을 떠서 백 번 씻은 다음 향기로운 솔로 또 씻어서 작은 태항아리에 동전 한 닢을 글자면이 밑으로 향하게 놓고 그 위에 태를 놓은 다음 기름종이와 남색 비단으로 입구를 덮고 빨간 끈으로 묶어 밀봉하였다. 그리고 붉은 패 앞면에는 '年月日時 中宮殿 阿只氏 胎也'라고 쓰고 뒷면에는 세 명의 제조와 의관의 이름을 적어 넣었다. 이 항아리를 다시 넓은 독에 넣어 빨간 끈으로 동여맨 후 좋은 방향에 안치하고 다섯 달 안에 태실을 선정하여 봉안하였다.

경남 사천시에는 세종대왕의 태가 봉안되어 있었다. 이 태무덤은 정유재란 때 그만 왜적에 의해 크게 훼손되었다. 선조 때 대대적으로 수리하였고, 영조도 다시 비석을 세우고 정비하였다. 그러나 왕실의 태실이 길지에 있다는 것을 안 일제는 조선 왕조의 정기를 끊기 위해 전국에 산재한 왕실의 태실을 경기도 양주로 옮기고, 태실이 있던 땅을 모두 민간에 팔아 버렸다. 세종대왕의 태실 자리에는 지금 아무개의 무덤이 들어서 있다.

—「태(胎)」 전문

이 시 역시 시인의 주관적 견해의 노출을 최대한 억제하고, 조선왕조가 태실을 선정하고 각종 예를 갖추어 태를 봉안하였던 역사적 사실—한국인도 잘 모르고 있는 사실—을 담담하고 충실하게 전달하는 형식을 취하고 있다. 그런데 이 역사적 정보는, 한국인들이 잘 모르고 있다는 사실 자체를 문제시한다는 의미도 가진다. "우리 조상들은 예로부터 태는 생명을 준 것이라 하여 함부로 버리지 않고 소중하게 보관"한 사실을 우리가 잊게 된 것은 "조선 왕조의 정기를 끊기 위해" "태실이 있던 땅을 모두 민간에 팔아 버"린 일제의 폭력 때문이기도 하기 때문이다. 태를 소중히 봉안한 조선왕조나 정기를 끊는다고 태실을 팔아 버린 일제나 미신적인 집착에 빠져 있다고 생각할 수도 있으나, 과학적 세계관을 가진 시인은 의외로 그렇지 않다는 입장을 보이는 듯하다. 그러나 그렇다고 그의 입장에 모순이 있다고 말할 수는 없는데, 생물학적인 입장에서 유전자는 몸의 물질성을 통해 전달되기 때문이다. 그래서 "태는 생명을 준 것"이라는 생각은 종교적 입장이나 인간주의적인 입장보다는 그렇게 비과학적이지 않다. 산모의 배 속에서 생명의 정기는 태라는 몸의 기관을 통해 이어진다. 산모와 아기를 잇고 있던 '태'라는 그 몸의 일부를 존중하는 조선왕조의 태도는, 인간주의적인 의미를 벗어나 생명 자체를 존중하는 태도라고도 말할 수 있다.

이렇게 볼 때 위의 시에는, 동물이든 인간이든 생명을 유지하고 이어 나가기 위한 생명체의 물질적 메커니즘은 그 자체로 존중되어야 한다는 시인의 윤리가 은연중 드러나 있다고 할 수 있으며, 이러한 윤리는 일제의 식민주의 비판이라는 정치적 입장과도 연결된다고 하겠다. 그래서 김재홍 시인이 견지하고자 하는 "진실의 심안"은 윤리와 무관하지 않다. 아니 도리어 현실을 냉혹하게 있는 그대로 보고자 할 때, 시인은 든든한 윤리적-정치적 입장을 가질 수 있다고 할 수 있겠다.

3

생명을 존중하는 입장에 서는 것, 생명을 바탕으로 사회 조직이 서 있는 것, 그것이 시인이 지닌 윤리와 정치의 이정표가 되는 듯하다. 라다크 사람들을 기록하고 있는 표제 시 「다큐멘터리의 눈」은 시인이 인간 세계를 인식하고 가치판단을 내리기 위한 이정표가 어떠한 것인지 보여 주고 있다고 생각된다.

쓸데없이 자꾸 웃는다
공연히 말이 많고 한없이 선량해져서
아무 풀이나 돌이나 나무에게나 감탄사를 날린다
해발 3,800미터 라다크 사람들의 시커먼 얼굴
바싹 마른 잔스카르산 연봉과 비탈진 골목길
때 절은 옷가지와 세간까지
모든 것은 맑고 깨끗하므로
살아남은 순수의 고향에 감탄하고 감탄한다

숨길 것 없는 수직의 빗줄기
숲을 뚫고 내리꽂히는 원시의 햇살
아마존 정글 반라의 검은 맨살들
국부만 살짝 가린 거침없는 패션
쓸데없이 웃고 떠들고 소리치며
스치는 바람결에도 비명 지르며

오직 생체 리듬의 순연한 본성을 따르고 있으므로

찬양하라, 생명의 고향

찬양하라

—「다큐멘터리의 눈」 전문

　　"순수의 고향"에 사는 사람들 또는 "오직 생체 리듬의 순
연한 본성을 따르고 있"는 사람들. 시인이 북인도 라다크 사
람들과 아마존의 원주민들에게서 얻은 인상이다. 그들은 어
린아이와 같은 영혼을 가지고 있다. 어린아이처럼 라다크 사
람들과 아마존 사람들은 "쓸데없이 자꾸 웃"고 "공연히 말이
많"으며, "감탄사를 날"리고 "떠들고 소리"친다. 라다크에서
는 "때 절은 옷가지와 세간까지/ 모든 것은 맑고 깨끗하"며,
아마존 사람들은 "반라의 검은 맨살들"을 드러내고 "국부만
살짝 가린 거침없는 패션"을 부끄럼 없이 드러낸다. 「다큐멘
터리의 눈」은 이러한 순수의 고향을 기록하면서 "감탄하고
감탄"하면서 "찬양하라, 생명의 고향/ 찬양하라"고 외친다.
이렇게 시인의 내심이 직접적으로 토로된 시는 이 시집에서
거의 찾아보기 힘든데, 그만큼 시인이 이들의 삶을 접하면서
크게 감화되었음을 이 시는 드러내고자 했던 것이리라. 이를
보면 시인은 민족주의자는 아닌 듯싶다. 저 라다크와 아마
존의 마을에서 순수와 생명의 '고향'을 발견하고 있으니 말이
다. 그에게 고향은 자신이 살았던 마을이 아니라 "생체 리듬
의 순연한 본성"이 살아 있는 마을인가에 입각하여 판단된
다. 생명이야말로 시인에게 가치판단의 기준이라는 것을 이

시에서도 엿볼 수 있는 것이다.

이러한 입장을 인간주의를 넘어선 생태주의라고 할 수 있을 텐데, 그래서 시인은 「볼라벤」에서 "한반도 남반부 뱃길 하늘길 모두 차단시킨 뒤/ 맹렬한 속도로 북상하고 있"는 볼라벤의 위력에 대한 뉴스를 전하면서 "아직 지구는" "뜨겁게 살아 있다"고 환호에 가까운 감탄을 표하는 것일 게다. 인간주의적인 입장에서 저 태풍은 인간의 삶을 위협하는 것이다. 하지만 인간주의를 벗어난다면 저 태풍은 자연 생태의 리듬과 위력을 드러내면서 지구의 생명력을 드러내는 무엇으로 인식할 수 있다. '볼라벤'에 대한 시인의 환호는, 그가 인간주의적인 입장에서 벗어나 저 태풍을 생각하고 있다는 것을 드러낸다. 그렇다고 그가 마냥 문명에 대해 비판하지만은 않는다. 그는 라다크의 마을이나 아마존의 마을처럼 자연의 생명과 호응하며 그 생명의 리듬을 드러내는 인간 문명에서 찬양할 만한 아름다움을 발견하고 있는 것이다. 반면 생체 리듬을 잃어버리고 균형이 깨져 "반생물학적인 도발"(「마팡 증후군」)을 행하면서 사는 사람들을 양산하는 우리의 문명은, 시인의 입장에서 아름다움과 찬양의 대상과는 거리가 먼, 고발하고 비판하고 풍자해야 할 장면들을 숱하게 낳을 것이다.

국가대표 다이빙 선수들 십 수 명이

아마추어 수영 대회가 열린 문수수영장에서 쇼를 했다

기본동작이라는 직립 입수 자세부터

물구나무서서 앞으로 두 바퀴 돌다 몸 비틀어 1.5회전을

하는

　고난도 다이빙까지 좀 시건방진 태도로
　젖은 머리 탈탈 털어대며 한 십여 분 쇼를 했다

　천여 명 아마추어 수영인의 환호와 박수 속에서
　비서진에 이끌려 시장이 황급히 자리를 비우는 사이
　3개의 플랫폼과 2대의 스프링보드에서 한꺼번에 입수하는
　국가대표 선수들의 피날레는 펑펑펑 물소리로 장식되었다

　진정한 자유란 내 존재의 원인을 아는 것이며
　원인을 안다는 것은 스스로 삶을 만들어 가는 것이라는
　스피노자의 투철한 가르침에도 불구하고 그들은
　호루라기를 불어대는 코치의 신호를 착착 따랐고
　가끔 귀찮게 관중석을 살짝 엿보는 자유를 누렸다

　김치냉장고와 드럼세탁기를 협찬한 회사 대표는
　바로 여기서 박태환 선수가 아시아 신기록을 수립했다며
　아랫배 불룩한 아주머니와 가슴살 쭈글쭈글한 선수들을
독려했고
　대회장인 방송사 사장은
　다음 주 토요일 황금 시간대에 방송될 것이니
　스포츠 정신에 입각하여 마음껏 기량을 펼쳐 달라 당부
했다

─「다이빙 쇼」 전문

이 시 역시 어떤 장면에 대한 '다큐멘터리'식 기록만 제시되어 있지 그 장면에 대한 시인의 평가라든지 비판이 시의 표면에 제시되어 있지 않다. 하지만 등장인물들의 행동들이 드러내는 어떤 아이러니는, 지금 기록되고 있는 장면을 낯설게 만들고 우스꽝스럽게 만든다. '아마추어 수영 대회'에서 "좀 시건방진 태도로/ 젖은 머리 탈탈 털어대며 한 십여 분 쇼를" 하는 국가대표 다이빙 선수들 십 수 명의 태도는 이 다이빙 쇼가 그다지 진지한 것이 아님을 드러내는 동시에, 시인이 저 쇼에 가지는 약간의 반감과 거리감을 은연중에 드러낸다. 그런데 아이러니컬하게도 "시장이 황급히 자리를 비우는 사이" "국가대표 선수들의 피날레는 퍽퍽퍽 물소리로 장식되었다"는 2연의 문장은, 저 쇼에 대한 시니컬한 시인의 태도를 비교적 선명하게 보여 준다. "퍽퍽퍽"은 마치 영어의 쌍욕처럼 들리기 때문이다. 3연에서는 저 쇼에 대해 시인이 왜 시니컬한 태도를 보이는지 그 이유를 엿볼 수 있다. 즉 저 아마추어 수영 대회를 축하하기 위한 다이빙 쇼는 "진정한 자유란" "스스로 삶을 만들어 가는 것이라는/ 스피노자의 투철한 가르침"과 상반되게 "코치의 신호를 착착 따"르는 국가대표에 의해 이루어질 뿐인 것이다. 이러한 쇼가 아마추어의 자유로운 정신을 훼손하고 있는데도 말이다.

게다가 아마추어 대회임에도 불구하고, 냉장고와 세탁기를 협찬한 회사 대표의 독려 멘트나 대회장인 방송사 사장의 당부 멘트는 자본으로부터 자유로워야 할 아마추어 스포츠 정신을 오염시킨다. 아마추어 스포츠는 사람들의 건강을 위해 독려되어야 하는 것인데도 불구하고, 협찬 회사 대표는 "여기서 박태환 선수가 아시아 신기록을 수립했다"는 멘트로 사람들의 허위의식을 자극한다. 이러한 허위의식의 자극은 자사의 상품 판매와도 분명히 연관될 것이다. 방송사 사장은 어떠한가? 그 역시 이 대회가 "토요일 황금 시간대에 방송될 것"이라며 참가자들의 허위의식을 자극한다. 그런데 이렇게 허위의식을 자극하면서 "스포츠 정신에 입각"해 달라고 하는 "대회장인 방송사 사장"의 말은, 아이러니를 드러내면서 이 대회 자체가 자기모순을 품고 있는 행사임을 스스로 폭로한다. 이 시집에는 「다이빙 쇼」에서처럼 사회의 이중성과 그 아이러니를 드러내는 장면들을 포착하고 이에 대해 시니컬한 태도로 독자에게 풍자적으로 제시하는 시편들이 적지 않은데(특히 3부의 시편들), 이 역시 전 시집과는 구별되는 이 시집의 면모라고 할 수 있을 것이다.

4

　　3부의 시편들 중에서 「YUNA Queen」이나 「1004 마라톤」 「이시영 선수」 「명퇴 민주주의」 등은 「다이빙 쇼」에서처럼 일상의 여러 단면들—TV에 나오는 김연아, 이시영 선수까지 포함하여—에서 아이러니를 들추어내어 우리 사회에 만연되어 버린 허위성을 간접적으로 드러내는 시편들이다(「명퇴 민주주의」는 시인의 생각이 좀 더 직접적으로 드러나 있기는 하다).

「황금의 길」과 같은 경우에는 1연에서 4연까지 역사상 권력자들의 황금에 대한 열망을 요약하여 제시하고는, 5연에서는 그에 따르는 식민지 백성의 노동과 죽음을 제시하면서 그 열망이 지닌 아이러니를 포착하기도 한다. 이 아이러니는 "남녀노소 동서남북/ 삶과 죽음의 길 모두/ 금빛"이라는 마지막 연의 시구로 압축하여 표현된다. 권력자의 삶은 금빛을 좇으며, 그 금빛을 위해 백성들은 죽음을 맞이해야 한다. 이와 관련하여, 시집의 1부의 몇몇 시편들에서 현 사회를 살아가는 백성들의 죽음이 조명되고 성찰되고 있어서 주목된다. 「박용교」와 「행복 전도사」 「조 특보」는 우리 주변에 흔히 볼 수 있는 장삼이사들의 죽음을 조명하고 있다.(4부에 실린 「서거」는 노무현 전 대통령의 죽음을 조명하고 있는데 이 시 역시 1부의 '죽음 시편'들과 같은 계열에 있다고 할 것이다. 「서거」에서 노무현 전 대통령은 "무엇보다 똑똑한 우리 동네 형님"이라고 지칭된다.) 특히 「조 특보」는 시인이 잘 알고 있었을 직장 동료의 죽음에 대해 말하고 있어서인지 절절한 면이 있다.

2011년 2월 19일 새벽 1시 20분

그가 갑자기 세상을 떠났다

'잘 다녀오겠다'며 가볍게 나섰던 그는

폐암 수술 후 심한 두통으로 고생하다 5일 만에

식물인간이 되어 돌아왔고

혈전 용해제를 쓰면 수술 자리 피가 멈추지 않고

쓰지 않으면 혈관이 막혀 뇌사에 빠지고 마는

고통의 악순환이 그를 영영 떠나게 만들었다

7년 전 그는 모스크바 특파원이었고
러시아 도메데도보 공항을 이륙한 두 대의 여객기가 추락해
90여 명이 죽은 테러 현장에서 리포트를 했고
북오세티아 베슬란에서 수백 명의 어린 학생이 떼죽음을
당할 때
자식의 싸늘한 주검을 안은 젊은 엄마 곁에서 기사를 썼다

기자로서 그는 현장을 떠난 적이 없었고
모스크바 붉은 광장뿐 아니라 몇 번의 대선과 총선 사이
정부종합청사와 국회의사당과 노동계와 경제계 사이
아시안게임과 서울올림픽 사이를 종횡사해했다

훤칠한 키에 바리톤의 육중한 저음은
시청자들의 신뢰를 얻기에 충분했고
그의 풍부한 현장 경험과 인맥은
회사 발전에 큰 자산이 될 것이란 점에서
조 특보의 발령은 당연하게 받아들여졌다

언론 독립과 공정 보도를 외치며
정권의 나팔수가 되지 않겠다고 후배들이 파업에 돌입할 때
매일같이 회사 현관에서 피켓 시위와 삭발을 결행할 때
특보로서 그는 눈앞의 현실과 미래 사이에서

밤마다 술과 담배를 버릴 수 없었을 것이다

그러니 그의 갑작스런 죽음은
그리 갑작스러운 일은 아니며
그의 가슴 속 폐암도 원인은 아니며
꽉 막힌 뇌혈관도 원인은 아니었다

—「조 특보」 전문

이 시는 죽음의 현장을 특별 취재하는 데 몸을 아끼지 않았던 '조 특보'의 죽음을 보고한다. "현장을 떠난 적이 없었"던, 회사의 큰 자산이 될 것이라고 여겨졌던 '조 특보'는 의사의 진단에 따르면 폐암과 폐암 후유증으로 뇌에 혈관이 막혔기 때문에 급사한다. 하지만 시인은 "그의 갑작스런 죽음은/ 그리 갑작스러운 일은 아니며" "가슴 속 폐암"도 "꽉 막힌 뇌혈관도 원인은 아니"라고 말하고 있다. 그의 죽음은 회사를 위해 현장을 "종횡사해"한 과로에 의해 준비되어 있었으며, 특히 "정권의 나팔수가 되지 않겠다고 후배들이 파업에 돌입할 때" "밤마다 술과 담배를 버릴 수 없었을" 고뇌의 나날들이 그의 몸에 병을 낳았을 것이라는 게 시인의 판단이다. 「박용교」는 "장관이 참석하는" "서울-춘천 간 민자고속도로" 개통식 세리머니를 준비하기 위해 "폭우 속에서 마지막 점검차 렉스턴을 끌고 갔다"가 사고를 당해 죽음에 이른 한 공무원을 그리고 있는데, 그 역시 조 특보처럼 "29년 동안 묵묵히/ 현장에서 뛰다가 최후를 맞"이한 이다. 실명까지 제시하면서

"그래 잘 갔다, 이놈의 세상/ 너라도 가서 쉬어라"라고 시적 화자가 말하는 것을 보면, '박용교' 역시 시인이 알고 있었던 사람이 아닐까 한다.

이렇게 시인이 주변 인물들의 죽음을 말하고 있는 것은, 전쟁 사진기자인 'James Nachtwey'의 말을 빌리면 "전쟁의 일상성과 생존의 보편성을 웅변"(「James Nachtwey」)하기 위해서일지도 모른다. 그런데 그 사진기자가 이러한 취지의 말을 하면서 끔찍한 학살 현장을 보여 주고 있는 대상 청중이 "글로벌 리더와 디지털 전문가와 IT 비즈니스맨들"이라는 사실이 흥미롭다. 이는 전쟁의 일상성이 바로 이 사회의 경제에서도 이루어지고 있다는 것을 암시한다. 경제가 생활의 기반이라는 것을 이제 부정할 수 없다고 할 때, 사진기자의 말은 어느새 우리의 생활은 전쟁터로 변했다는 것을 의미한다고도 하겠다. 그렇다면 '조 특보'나 '박용교'의 죽음뿐만 아니라 숱한 사람들의 죽음은 바로 이 전쟁과 같은 사회생활에 따른 '전사'라고도 할 수 있지 않겠는가. 그런데 시인이 이들의 '전사'에 의해 드러나는 "전쟁의 일상성과 생존의 보편성"에서 파악하고 있는 것은, '박 감독'에게서의 음악과 같이 "On 아니면 Off/ 음악한다와 음악하지 않는다 사이에/ 잠깐의 슬픔과 몇 명의 죽음"인 것 같다. 시인은 이 시에서 삶과 죽음을 관통하는 것은 "뱉어내기와 밀어내기 사이에" 도사리고 있는 "열역학 제1법칙"뿐이라고 '냉혹하게' 이해하고자 한다. 우주의 생명은 "우주의 에너지와 물질의 총량은 보존된다는 법칙"인 '열역학 제1법칙'에 따라서 삶과 죽음을 관통하면서 보존된다.(「박 감독」)

　생명에 대한 이러한 이해는 죽음의 유한성과 생명의 보편성이 뫼비우스의 띠처럼 연결되어 있다는 철학적 이해를 낳을 것이다. 그러니 「서거」에 인용된 노무현 전 대통령의 유언의 일절인 "삶과 죽음이 모두 자연의 한 조각"이어서 죽음에 대해 "슬퍼하지 마라"라는 말에 시인 역시 동의할 것이다. 그래서 한 사람의 삶과 죽음을 적나라하게 드러내는 5,300년 전 '얼음 인간' 외치(Oetzi)를 묘사하고 있는 시를 이 시집의 서시처럼 맨 앞에 싣고 있는 것은, 시인의 삶과 죽음과 생명에 대한 철학적 이해가 이 시집의 주제임을 암시하기 위해서라고 생각된다.

그의 사망 시점은 약 5,300년 전으로 추정되었다

정밀한 유전자 분석과 사체가 발견된 지층 조사 결과

그가 시커멓고 쭈글쭈글하게 남아 있게 된 이유는

이탈리아 북부 알프스 만년설에 냉동됐기 때문이었다

간단한 냉동의 원리가 이미 떠난 그를 끝까지 붙잡고 있었다

비쩍 마른 그의 배 속에서 곡식과 고기를 먹은 흔적이 나타났고

예리한 칼날에 의해 살점이 베이고 날카로운 창에 찔린 흔적이 발견되었다

따라서 그는 칼날과 창에 맞서는 번쩍이는 전사였으며

그의 칼과 창 앞에서 먼저 떠난 전사들의 표정까지 나타났다

오랫동안 굳은 그의 왼쪽 무릎 위에는 십자가 모양 문신

종아리부터 발목까지 선명하게 새겨 놓은 줄무늬 문신

바싹 마른 손가락에 암갈색 손톱

물기가 다 빠진 자리, 갈비뼈가 밀어내는 뱃가죽

반쯤 뜯어져 나간 엉덩이 살 마네킹 같은 맨살

그의 목숨을 최종적으로 돌이킬 수 없게 만든 것은

어딘가에서 빠르게 날아온 화살이었다

그의 어머니가 평생 동안 배란한 300여 개의 난자와

그의 아버지가 한 번에 사정한 3억 개의 정자 가운데

결정적인 단 한 번의 결합으로 탄생한 그의 육신

최초의 어머니와 최후의 아버지 사이에서

머리카락은 다 썩어 사라져 반질반질한 두개골

푹 꺼져 버린 눈두덩이 바싹 마른 불알 뜯어진 허벅지 살

쪼그라들고 비틀어지고 말라붙어 마침내 모래알처럼

흩어져라 날아가라 외치는 외치

—「Oetzi」 전문

시인은 이 시에서 1991년 알프스 산맥 북부 외짤(Oetzal) 계곡에서 발견되어 '외치'라는 이름으로 불리게 된 사체에 대해 제법 자세한 정보를 독자에게 제공한다. 시인은 자연 냉동되어 보존이 잘 된 편인 그의 사체에 대해 꼼꼼하다고 할 정도로 기록하고 있다. 5,300년 전의 인간에 대해 묘사하고 있는 시긴 하지만, 관찰 대상이 오늘날 발견된 사체이기 때문에 "오늘의 관점에서 오늘을 기록"하는 시인의 '현재주의'에서 벗어나지 않은 시라고 하겠다. 그런데 시인은 '외치'가 먹은

음식, 칼날에 의해 베인 상처, 문신, 손톱, 물기가 다 빠진 뱃가죽, "반쯤 뜯어져 나간 엉덩이 살", 맨살 등을 묘사하고는, "그의 목숨을 최종적으로 돌이킬 수 없게 만든 것은/ 어딘가에서 빠르게 날아온 화살"이라는 정보를 제시한다. 그리고는 "그의 어머니가 평생 동안 배란한 300여 개의 난자와/ 그의 아버지가 한 번에 사정한 3억 개의 정자 가운데/ 결정적인 단 한 번의 결합으로 탄생한 그의 육신"이, 지금은 머리카락은 다 썩고 푹 꺼져 버린 눈두덩이에 불알은 바싹 말랐으며 허벅지 살은 뜯어진 채 "쪼그라들고 비틀어지고 말라붙어" "모래알처럼/ 흩어"질 것 같은 사체의 모습으로 우리 앞에 전시되어 있다는 사실을 전경화한다.

이를 보면, 시인은 사체의 모습을 카메라로 찍어 보여 주듯이 사실 그대로 제시하면서, 이 모습에서 "모래알처럼/ 흩어"질 삶의 허망함을 새삼 들추어내려는 듯이 보인다. 하지만 시인이 이렇게 사체를 꼼꼼하게 그려 내는 이유는, 삶의 허망함보다는 삶과 죽음을 관통하는 생존의 보편성, 생명의 끈질긴 순환과 그 순환의 흔적을 드러내기 위해서라고 해야 할 것이다. 어떻게 보면 생존의 끈질김은 저렇게 삶의 흔적을 남긴 사체 '외치'의 모습에서 도리어 더욱 선명하게 나타나기 때문이다. 그만 얼음 속에 갇혀 흩어지거나 날아가지 못하고 5,300년 전 생존을 증언하는 사체로서 남아 있게 된 '외치'는, 도리어 생명의 존엄성을 웅변한다고 할 것이다. 그렇다면, 냉혹하고 차갑게 있는 그대로 묘사되어 있는 저 사체는, 시인에게 선사시대부터 지금까지 보편적으로 이어 오는 삶의 비극성과 생명의 역설적인 존엄성을 각인해 주는 감동적인 대상이라고 하겠다. 시인이 주변인들의 죽음을 건조하고 차갑게 진술하는 이유도 여기에 있다고 말할 수 있다. 이는 그들의 죽음에서 삶의 본원적인 비극성을 포착하여 과장 없이 드러내는 동시에, 진실에 입각하여 생존의 보편성과 생명의 존엄성에 대해 재인식—허위의식이나 감상에서 벗어난—하기 위한 것이라고 말이다.

시인이 죽은 이들을 이렇게 기록하고자 하는 것은, 한편으로 그들의 귀신을 불러내기 위한 것일 수도 있겠다. 이 시집의 마지막에 「기제사」를 실은 것은 의도적인 것 아니겠는가. 그 시를 시집의 끝에 실음으로써, 이 시집이 죽은 이의 기일에 차리는 제사에서 '진설'하는 '제수'임을 시인은 밝히고 싶었던 것 아니겠는가. 왜 귀신을 불러내려고 하는가? 시인에 따르면 "악신이든 뭐든, 귀신은/ 귀신을 꼭 봐야만 하는 사람들에게 나타"나는데, "귀신을 필요치 않는 사람이 없"기 때문이다. 이에 시인은 자신의 '현재주의' 시작(詩作)이 결국 귀신이 필요한 사람들에게 귀신을 불러다 주는 행위임을 뒤늦게나마 깨닫게 된 것은 아닐지. 이러한 시작 행위는 메시앙의 음악처럼 "죽은 자의 부활을 기다"리는 "정리된 무질서"를 구축하는 것임을 시인은 의식하게 되었는지도 모르겠다. 그 "부활을 기다"리는 "정리된 무질서"인 '예술-시'는 죽음으로 향한 "신의 길을 따라" "정리된 질서"를 살아야만 하는 우리 생의 비극성을 더욱 선명하게 가시화하겠지만 말이다(「올리비에 메시앙」).